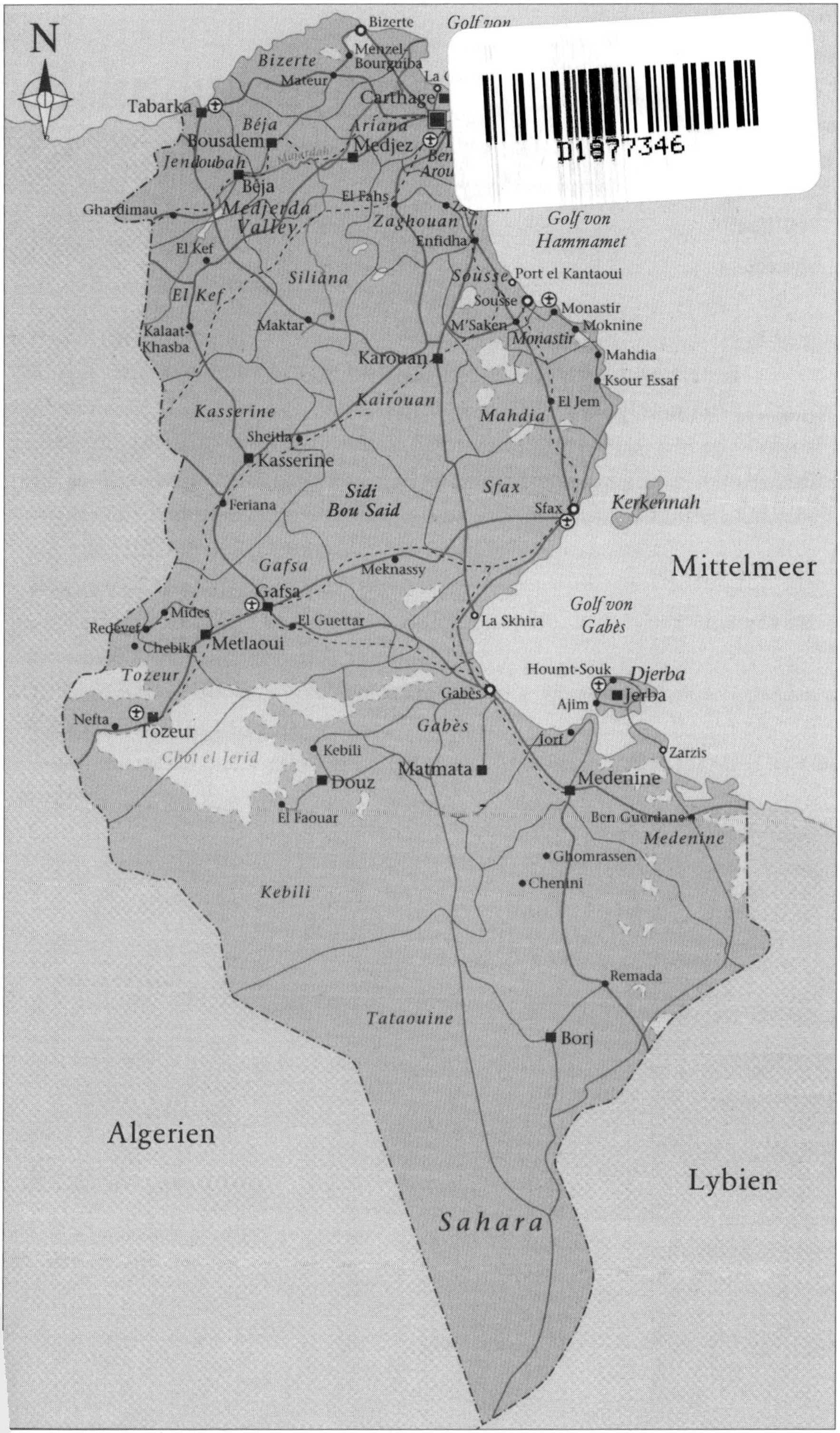

N
Bizerte
Golf von
Menzel-
Bourguiba
Bizerte
Mateur
Carthage
Tabarka
Béja
Ariana
Bousalem
Medjez
Jendoubah
Béja
Ghardimau
Medjerda
Valley
El Fahs
Zaghouan
Golf von
Hammamet
Enfidha
El Kef
Siliana
Sousse
Port el Kantaoui
El Kef
Sousse
Monastir
Maktar
M'Saken
Moknine
Kalaat-
Khasba
Monastir
Karouan
Mahdia
Ksour Essaf
Kasserine
Kairouan
El Jem
Mahdia
Sheitla
Kasserine
Sidi
Bou Said
Sfax
Feriana
Sfax
Kerkennah
Gafsa
Meknassy
Mittelmeer
Gafsa
Golf von
Gabès
Mides
La Skhira
Redeyef
El Guettar
Chebika
Metlaoui
Tozeur
Houmt-Souk
Djerba
Gabès
Ajim
Jerba
Nefta
Tozeur
Gabès
Jorf
Chott el Jerid
Kebili
Zarzis
Douz
Matmata
Medenine
El Faouar
Ben Guerdane
Medenine
Ghomrassen
Chenini
Kebili
Remada
Tataouine
Borj
Algerien
Lybien
Sahara

Lucian O. Meysels

Tunesien

Lucian O. Meysels

Tunesien

Brennpunkt der Kulturen
Geschichte und Gegenwart

Mit einer Einleitung von
Kurt Waldheim

Herbig

Bildnachweis:
ATCE, Tunis: 21, 43, 45, 47, 49, 89, 115, 148, 154, 157, 173, 187
Privatarchiv Meysels, Wien: 17, 19, 25, 26, 29, 53, 61, 91, 153, 159, Karte auf Vor- und Nachsatz

Besuchen Sie uns im Internet unter:
http://www.herbig-verlag.de

Schutzumschlag: Wolfgang Heinzel
Schutzumschlagmotiv: Corbis, Düsseldorf
Herstellung und Satz: VerlagsService Dr. Helmut Neuberger & Karl Schaumann GmbH, Heimstetten
Gesetzt aus der 12,3/14,8 Berkeley Book
Druck: Jos. C. Huber, Garching
Binden: Buchmanufaktur Oldenbourg
Printed in Germany
ISBN 3-7766-2381-0

Inhalt

Ein Plädoyer für eine Annäherung

von Dr. Kurt Waldheim

»Mare nostrum« – unser Meer – nannten die alten Römer einst das Mittelmeer. An seinen Küsten – ja in seiner Mitte, auf Kreta – wurde der Gründungsmythos dieses Kontinents geboren: Die Vermählung des Göttervaters Zeus mit der bildschönen Europa – nach der Legende die Tochter eines Königs im reichen Phönizien.

So sind sie also seit ewigen Zeiten untrennbar, die beiden Ufer des großen Binnenmeeres. Die Geschichte des mediterranen Raums ist eine endlose Folge gegenseitiger Begegnung, Bedrohung und Befruchtung. Feldherren und Missionare, Seefahrer und Entdecker, Diplomaten und Handelsherren, Studenten und Touristen – es ist ein unendlicher Strom von Menschen, aus deren Erlebnissen und Erfahrungen sich Geschichte geformt hat. Eine Geschichte von Distanz und Nähe, von Annäherung und Abwehr von Kulturen und Traditionen.

Wie kaum ein zweites Land symbolisiert gerade Tunesien diesen nun schon 3000-jährigen Prozess des

Neben-, Gegen- und Miteinanders. Es war und ist Treffpunkt und Mittler zwischen arabischer Welt, Afrika und Europa. Karthago und Rom, Athen und Kairouan und vieles mehr hat diesen Boden geprägt und getränkt. »*Wer sich selbst und andre kennt, wird auch hier erkennen: Orient und Okzident sind nicht mehr zu trennen.*« – Es scheint, als hätte Johann Wolfgang von Goethe mit seinem berühmten Wort aus dem »Westöstlichen Diwan« zunächst und vor allem dieses Tunesien gemeint.

Und doch müssen wir uns fragen: Sind jene hunderttausend sonnenhungrige Europäer, die Jahr für Jahr in Tunesien – wie in so vielen anderen Ländern des Mittelmeerraums – in eine andere Kultur eintauchen und sich von der Vielfalt der Wüsten und Küsten, der Berge, Steppen und Salzseen verzaubern lassen, sind sie wirklich Boten und Brückenbauer zwischen unterschiedlichen Zivilisationen?

Mehr noch: Ist der Tourismus von heute überhaupt darauf angelegt, Menschen als Fremde zu empfangen und als Freunde wieder zu verabschieden? Lebt der Tourist nicht zu oft in sicherer Distanz von den Bewohnern eines Landes – und Begegnung im eigentlichen Sinn ist weder geplant noch gewünscht?

Und liegt nicht genau hierin der wesentliche Unterschied zu den Reisenden von einst, dass der Tourist unserer Zeit zwar vom Reiz der Exotik und des Abenteuers angelockt wird, aber dann möglichst alles Unbekannte, Unwägbare, alles Risiko vermeiden will? Dass er sich in Wahrheit dem Fremden gar nicht wirklich ausliefern, sondern nur das bereits Erwartete bestätigen möchte?

Die Kernfrage – und es ist eine sehr politische Frage – heißt also: Lernen wir unter solchen Vorzeichen, wie sie uns die Mobilität unserer Tage bietet, tatsächlich andere Kulturen, andere Denkweisen kennen? Oder verstärken wir zu oft nur die schon mitgebrachten Vorurteile?

Ich meine, dass es hoch an der Zeit ist, die Chancen, die uns jede Begegnung – auch im Tourismus – bietet, tatsächlich zu nützen – gerade zwischen Europa und der arabisch-islamischen Welt. Ich schreibe dies auch mit einer gewissen Sorge, weil ich die Entwicklungen der vergangenen Jahre sehr genau verfolge – und weil ich glaube, dass gerade Europa und die Welt des Islam allen Grund hätten, wieder mehr aufeinander zuzugehen.

Die konkreten Gründe dafür liegen auf der Hand: Rund 30 Millionen Muslime leben heute bereits in Europa – davon 15 Millionen innerhalb der Europäischen Union. Vielleicht würde uns die Beschäftigung mit ihnen und ihrer Welt in Ländern wie Tunesien sogar leichter fallen als zu Hause in Europa, wo allzu viele muslimische Mitbürger nach wie vor als eine verunsicherte Minderheit leben.

Den Orient kennen lernen – das ist ein Gebot, zu dem uns nicht nur die Faszination, sondern auch die nüchterne Realität verleiten sollte. Denn die Zukunft Europas und der Europäischen Union lässt uns gar keine andere Wahl: Es gibt keine zwei getrennten Lebenswelten mehr – hier wir Europäer, dort die Muslime. Die Welt des Islam gehört bereits heute zu den europäischen Realitäten. Wer ihre Geschichte kennt – und hier vor allem die Geschichte der arabisch-islamischen Länder, die uns am nächsten sind –, wird sich im Europa von morgen besser zurechtfinden.

Tunesien ist eines der Länder, das uns die Suche nach dem Gemeinsamen und dem Anderen besonders leicht macht. Das gibt auch dem vorliegenden Buch seinen besonderen Reiz.

Lucian O. Meysels ist ein sicherer Begleiter und Führer auf dieser Reise in ein fremdes und doch nahes Land: weltläufig, erfahren und mit einer besonderen Begabung, Geschichte und Geschichten zu einem ebenso informativen wie spannenden Lesestoff zu verweben. Seit Jahrzehnten schätze ich seine Sachkenntnis und Wahrheitssuche. In der unverzichtbaren europäisch-arabischen Begegnung hat der Autor ein wichtiges und verantwortungsvolles Arbeitsfeld gefunden. Möge dieses Buch viele Leser finden!

Altbundespräsident Dr. Kurt Waldheim
Wien, im Juni 2004

Vorwort

Tunesien präsentiert sich als Mikrokosmos der mediterranen Welt, als Mosaik der Sinne, wie es einige Autoren genannt haben. Es blickt auf eine einzigartig reichhaltige Vergangenheit, auf eine eindrucksvolle Gegenwart und auf Zukunftsperspektiven, die nicht nur Optimisten Anlass zur Hoffnung geben.

Es überlebte eine Vielfalt von Herrschern und Beherrschern aus den verschiedensten Teilen der Welt. Gute und böse, fremde und einheimische, bis es endlich zu seiner eigentlichen Bestimmung fand. Es waren Berber und phönizische Karthager, Römer und Byzantiner, ja sogar wilde, angeblich unzivilisierte Germanen, die man aber rasch zivilisierte. Dann kamen Araber aus dem Osten und Türken, um das Land zu regieren. Kurzfristig landeten auch Spanier und mittelfristig französische Colons. Die »Bösen« haben die Tunesier, wie sich die Eingeborenen seit dem Mittelalter genannt haben, heftig bekämpft. Das Erbe der Wohlwollenden haben sie sich selbst zu Eigen gemacht.

All das ist im Tunesier von heute zu finden, dem Angehörigen eines Staatsvolkes, das durch seine Weltoffenheit besticht und durch seine Toleranz gegenüber den eigenen Leuten, zu 95 Prozent Moslems, aber auch den Juden und Christen, die heute in ihrer Mitte leben.

Tunesien bewahrt seine arabische und berberische Tradition, nimmt aber gleichzeitig das Moderne mit Augenmaß an. Auswüchse tunlichst vermeidend. Seine Wirtschaft ist nach einigen, zumeist fehlgeschlagenen quasi-sozialistischen Experimenten weitgehend auf privater Basis liberalisiert. Seine Politik ist pluralistisch-demokratisch mit entsprechenden Institutionen, soweit dies in einem Schwellenland möglich und praktikabel ist, das erst vor kurzem dem Status eines Landes der Dritten Welt entwachsen ist.

Das »neue Karthago«, wie Professor Hisseine Fantar – der weltweit führende Experte für das Zeitalter Hannibals – Tunesien nennt, strebte nie eine Führungsrolle in der arabischen Welt an, aber ohne seinen Rat und seine Vermittlung »läuft nichts« in dieser konfliktträchtigen Region der alten Welt ab.

Als Ägypten im Alleingang aus der arabischen Phalanx ausbrach und einen Friedensvertrag mit Israel abschloss, der von den »Bruderländern« verteufelt wurde, bot sich Tunesien – gegen die Konkurrenz des Iraks – als Standort für das Hauptquartier der Arabischen Liga an, ohne deshalb seine guten Kontakte zu Kairo zu beeinträchtigen. Als PLO-Chef Jassir Arafat mit seinen Kämpfern aus dem Libanon vertrieben wurde, gewährte ihm Tunesien Asyl, ohne sich mit dessen eigenwilligen politischen Linien zu identifizieren. Und bei den Bemühungen, einen Modus vivendi mit Israel anzustreben, war Tunis immer diskret dabei. Als der jüngste Irakkonflikt in einen offenen Krieg ausartete, betonte Tunesien seine Solidarität mit den arabischen Brüdern, blieb aber weiter ein treuer Freund der USA.

All diese »Sonderlichkeiten« schienen dem Autor Grund genug, um sich genauer, das heißt tiefschürfender, mit dem Land zu befassen, das ihm bei zahlreichen früheren Besuchen ans Herz gewachsen war: jenseits jener paradiesischen Ferienromantik, die für den Durchschnittseuropäer zu einem Begriff geworden ist.

Prof. Dr. Lucian O. Meysels
Wien, im Juli 2004

1. Kapitel

Anstelle einer Geschichtsstunde

Wie alle nordafrikanischen Staaten befindet sich die Republik Tunesien auf geschichtsträchtigem Boden. Ihre Ursprünge reichen wohl nicht so weit in die Geschichte zurück wie jene des alten Ägyptens, aber dennoch wesentlich tiefer als jene der anderen Maghrebstaaten von heute. »Maghreb« bedeutet auf Arabisch »Westen« und steht für den Westteil der arabischen Welt, zu dem neben Tunesien auch Algerien und Marokko zählen. Wobei man darüber streiten kann, ob auch Libyen – genau in der Mitte Nordafrikas – dazugehört.

Die Urbevölkerung des Maghreb waren – und sind – die Berber, eine eher vage Bezeichnung für eine Vielfalt hamitischer Stämme, die nicht aus ihrer ursprünglichen Sprache, sondern aus der klassischen griechischen Periode stammt. Sie beruht auf dem unartikulierten Kauderwelsch, welches die ersten griechischen Seefahrer, welche ihre Füße auf den Boden des Maghreb setzten, unter den Ureinwohnern zu identifizieren glaubten, in dem die Laute »birbir« zu dominieren schienen. Daraus entwickelte sich das griechische Wort »Barbar« mit seiner negativen Konnotation, das in den folgenden Jahrhunderten als Bezeichnung für alle Nicht-Hellenen angewandt wurde. Und bis heute in fast alle europäischen Sprachen Eingang gefunden hat. Sehr zu Unrecht, wie die Wissenschaft inzwischen herausgefunden hat. Die alten Berber waren sicherlich nicht weniger zivilisiert als die anderen Völker des mediterranen Raums. Und sicherlich zivilisierter als etwa die Vandalen, deren Image von ihren Feinden geprägt wurde und gleichsam als Entschuldigung für ihre Vernichtung herhalten musste, nachdem die Byzantiner deren Reich im späteren Tunesien zerschlagen hatten. Doch so weit sind wir noch nicht.

Die von antiken Historikern niedergeschriebene Geschichte der Region am Ostrand des Maghreb beginnt mit den Karthagern: Einwanderern aus Phönizien am Ostrand des Mittelmeeres, nach deren eigener, in die Legende reichender, Darstellung aus der Stadt Tyrus, dem dominierenden Stadtstaat dieser Region. Die Gründung der Stadt Karthago – der Name leitet sich von dem phönizischen Worten »Kart Chadascht« ab, also »Neustadt« im Gegensatz zum alten Tyrus oder einer anderen historischen phönizischen (lateinisch: punischen) Metropole – wird von den römischen Geschichtsschreibern ohne historischen Nachweis in das Jahr 878 v. Chr. verlegt. Möglich ist die Datierung wohl, wobei nicht vergessen werden darf, dass auch das Gründungsjahr Roms – 776 v. Chr. – historisch nicht nachweisbar ist.

Ins Reich der Legende gehört auch – wie jene der

Der Stein König Salomons aus dem zerstörten Tempel Jerusalems, um den herum Überlebende die Synagoge von Djerba bauten.

Gründer Roms, Romulus und Remus – die Geschichte von der Gründerin Karthagos, der phönizischen Prinzessin Dido oder Alyssa, die den Ort der späteren Stadt zusammen mit Flüchtlingen aus Tyrus erreicht und den Grund und Boden von der Urbevölkerung gekauft haben soll.

Dazu eine interessante Fußnote: Die Nordafrikaner haben offensichtlich eine Vorliebe, die Gründung historischer Stätten auf legendäre Frauengestalten zurückzuführen. Auch die angeblich zweitausend Jahre alte jüdische Synagoge auf der Insel Djerba vor der südtunesischen Küste – wahrscheinlich die älteste jüdische Gebetsstätte der Welt mit einer kontinuierlichen Geschichte – soll von einer Frau gegründet worden sein: der judäischen Prinzessin »Ghriba«, der Herrlichen, die nach der Zerstörung des Tempels von Jerusalem mit einer Gruppe von Überlebenden auf der Insel gelandet und rund um einen Stein des ursprünglichen Tempels die Synagoge erbaut haben soll. Alljährlich pilgern Hunderte von Juden zu der Gebetsstätte, sogar in politischen Krisenzeiten.

Vielleicht stammen all diese Legenden aus der Zeit des Matriarchats unter den Urvölkern der Region. Wer kann das beweisen? – Doch genug der Legenden. Historisch belegt ist jedenfalls die Herkunft der Karthager aus Phönizien, die die alte Sprache ihrer Heimat bis zur Zerstörung ihrer »neuen« Stadt durch die Römer (146 v. Chr.) beibehielten. Und sogar in der Sprache der heutigen Malteser haben Philologen Elemente der phönizischen Sprache (neben arabischen Wurzeln) identifiziert.

Der Vorsteher der Gemeinde mit den Thorarollen

Bis heute wird von den heutigen Tunesiern das Erbe der Karthager hochgehalten. Ein Grund, warum eine Analyse auch in diesem Buch unverzichtbar ist. Der Gelehrte, der sich am genauesten in der Geschichte des phönizischen Karthago auskennt, ist Professor Hisseine Fantar, Inhaber des Ben-Ali-Lehrstuhls für tunesische Frühgeschichte an der Universität von Tunis. Und dieser zögert nicht, seine Präferenz für die Karthager im Kampf gegen die Römer auszudrücken, betrachtet er doch das heutige Tunis als das wahre Karthago. Die Schwäche des Stadtstaates, meint er, lag aber auch während seiner höchsten Blütezeit darin, dass sich alles rund um die Metropole drehte, ohne die Ambition, das Kernland, wie es Rom getan hatte, über die Grenzen des heutigen Tunesien wesentlich zu erweitern. Dieses Territorium konnte nur eine relativ kleine städtische Bevölkerung ernähren, sodass es im Kriegsfall neben seiner Flotte von einem Söldnerheer abhängig war, das sich in gewissen Konstellationen gegen seine eigenen Auftraggeber wenden konnte.

Was die Flotte betraf, waren die Karthager die erfahrensten Seefahrer der Antike. Ihre Schiffe umrundeten Afrika und dürften die Küsten der Britischen Inseln erreicht haben. Sie blieben jedoch Handelsschiffer und waren für Seegefechte nicht gewappnet. So konnten sie von den wesentlich weniger seeerfahrenen Römern nach den ersten Gefechten besiegt werden, nachdem diese den so genannten »Harpax« erfunden hatten – eine mobile Brücke, die im Nahkampf zum gegnerischen Schiff geworfen wurde,

Das Amphitheater von El Jem, eines der vier größten der Welt

wodurch sich das Seegefecht in einen Kampf auf festem Boden verwandelte. Und dem hatten die Karthager gegen die römischen »Marines«, um einen modernen Ausdruck zu verwenden, nichts Entsprechendes entgegenzusetzen. So wurde der erste Punische Krieg in einer einzigen Seeschlacht bei den Ägatischen Inseln entschieden.

Was die Struktur des Staates Karthago betraf, so wurde er, was von europäischen Historikern meist übersehen wird, ebenso wie die römische Republik oder Athen quasi-demokratisch regiert. Wobei sich die Bürgerrechte natürlich auf die freien Männer beschränkten, während die Masse der Sklaven hüben und drüben rechtlos blieb. Die Beamten Karthagos wurden also, mit der erwähnten Einschränkung, demokratisch gewählt; an der Spitze standen die so genannten »Suffeten«, ein Wort, das dem hebräischen Wort »Schofet« (Richter) in der Bibel entspricht.

Seinen Wohlstand verdankte Karthago indessen seinen äußerst fähigen Handelsherren, deren Einfluss sich über die phönizischen Kolonien hinaus praktisch über den ganzen Mittelmeerraum erstreckte. Gegenüber den Fremden, die, um die biblische Redewendung zu verwenden, in ihrer Mitte wohnten, verhielt sich die Stadt äußerst liberal. In Karthago selbst gab es eine griechische Kolonie und Tempel für die griechischen Götter.

Das schlechte »Image«, das noch heute in den Geschichtsbüchern europäischer Mittelschulen vorherrscht, verdankt Karthago der Tatsache, dass die Geschichte der »Königin der nordafrikanischen

Städte« durchwegs von ihren Feinden geschrieben wurde. Natürlich gab es auch einheimische Geschichtsschreiber, doch von ihren Werken hat praktisch nichts überlebt. Aus zwei Gründen: Erstens wurde die Bibliothek von Karthago, in ihrer Dimension nur von jener in Alexandria übertroffen, bei der Erstürmung der Stadt restlos zerstört. Der zweite Grund liegt in der Tatsache, dass die Gelehrten Karthagos ihre Werke auf Papyrus schrieben, einem Material, das wohl im staubtrockenen Ägypten beständig blieb, im feuchten Karthago jedoch innerhalb relativ kurzer Zeit verfiel.

Was aber ist wahr an den Geschichten über die Opferung neugeborener Kinder, deren Überreste in tönernen Amphoren unwissenden Touristen jahrelang als Zeichen der Dekadenz der alten Karthager gezeigt wurden? »Kein Wort«, wettert Professor Fantar und alle seriösen Wissenschafter geben ihm Recht. Woher kamen aber die zahlreichen Krüge mit Überresten von Neugeborenen, die auch in Sammlungen zu sehen sind? Die Wissenschaft gibt eine schlüssige Antwort: Es handelt sich nicht um geopferte Neugeborene, sondern um Totgeburten, von denen es in der Antike natürlich Tausende gab. Diese wurden nach dem Ritus der Phönizier nicht in normalen Friedhöfen beigesetzt, sondern dem Gott Baal – in Phönizien selbst wie auch in dessen Kolonien – geweiht und in besonderen Gräberfeldern gebettet. Fantar untermauert seine Erklärung mit dem Hinweis, dass die Legende von den Kinderopfern von keinem anerkannten Geschichtsschreiber, auch keinem griechischen oder römischen, erwähnt oder verbreitet wurde. »Alles Ammenmärchen, die den Zuhörern das Grausen vermitteln sollten.«

Doch nun einige Absätze über den bedeutendsten Sohn des heutigen Tunesien, den, nach Alexander dem Großen, berühmtesten Feldherren der Antike, Hannibal. Professor Fantar hat den wichtigsten Teil seiner Studien dem Leben des großen Strategen gewidmet und mit Gleichgesinnten den »Hannibal-Club« gegründet, mit dem Ziel, das Andenken dieses Mannes hochzuhalten, für dessen tragischen Untergang er nicht dessen militärische Gegner, sondern die unfähige Regierung seines eigenen Landes verantwortlich macht.

Hannibal war nicht nur ein großer Feldherr, sondern auch ein bedeutender Politiker – und Humanist. Der römische Historiker Polybius schreibt von einem Abkommen, das Hannibal mit dem wankelmütigen König Philipp IV. von Mazedonien geschlossen hatte, mit dem Ziel, den Mittelmeerraum zu einer Region des Friedens zu machen. Diesen Frieden sollten Mazedonien und Karthago zusammen mit Rom – und das ist das Überraschende – garantieren. Es gab also nicht die Absicht, den römischen Staat zu zerstören. Somit war Hannibal eigentlich moralisch über seine Kriegsgegner erhaben.

Noch eine Tatsache, die in der Schulgeschichte kaum erwähnt wird. Nach seiner Niederlage bei Zama – der Stadt, die jetzt von den Tunesiern ausgegraben wird – verließ Hannibal nicht seine Heimat, sondern zog sich als Privatmann auf seinen

Hannibal – der große Feldherr, bedeutende Politiker und Humanist

Die Ruinen von Zama (sie werden gegenwärtig ausgegraben): An diesem Ort fand die Schlacht statt, in der Hannibal endgültig besiegt wurde.

Besitz im Süden des heutigen Tunesien zurück. Dort entfaltete er eine segensreiche Tätigkeit. Er pflanzte die ersten Ölbäume im Land und führte moderne landwirtschaftliche Methoden ein, die er während seiner Feldzüge in Europa kennen gelernt hatte.

Ohne es gewollt zu haben, wurde er in seinem »inneren Exil« so beliebt und prominent, dass ihn seine unmittelbaren Mitbürger nach sieben Jahren zum Suffeten wählten. Doch damit begann sein Unglück: Seine Gegner innerhalb der aristokratischen Partei in Karthago machten die Römer auf sein mögliches »Comeback« aufmerksam. Worauf diese Hannibals Auslieferung forderten. Der Feldherr musste in die Heimat seiner Väter, nach Phönizien, fliehen, das damals zum Reich des Diadochen (Nachfolger Alexanders des Großen) Antiochus III. zählte. Dieser eitle König hielt sich selbst für einen großen Kriegsherren und war aus diesem Grund auf den viel berühmteren Hannibal eifersüchtig. Obwohl Antiochus sich selbst auf einen Krieg mit Rom vorbereitete, verweigerte er dem Flüchtling ein Kommando in seiner Armee. Worauf dieses prächtige Heer gegen die Römer ruhmlos unterging.

Hannibal wusste, dass er in Phönizien nicht mehr sicher war, und floh zu Kleinkönig Prusias von Bythinien (im Norden Kleinasiens) weiter. Auch dorthin verfolgte ihn die Rachsucht Roms. Hannibal war am Ende seiner Reise angelangt: Um nicht den Triumphzug seines Besiegers Scipio schmücken zu müssen, verübte er 183 v. Chr. Selbstmord. (Dieser verspätete Triumphzug fand übrigens nicht mehr statt. Scipio starb in selben Jahr wie sein Gegner.)

Die Rachsucht Roms war damit nicht gestillt. »Ultras«, wie der Zensor Cato, forderten pausenlos die totale Zerstörung Rest-Karthagos, das nur noch den Umkreis der Stadt beherrschte und sich von den Folgen des Krieges rasch – zu rasch für die Römer – erholt und die Kriegsentschädigung restlos bezahlt hatte. Die Suffeten erfüllten die beständig erhöhten römischen Forderungen und riefen erst zu den Waffen, als sie die Absichten der Römer erkannten. Trotz der aussichtslosen Lage hielt die Stadt zwei Jahre lang der Belagerung stand. Danach gab es keinen neuen Frieden: Karthago wurde, wie kaum eine andere antike Stadt, dem Erdboden gleichgemacht. Salz wurde über das Terrain gestreut, um das Land unfruchtbar zu machen. Per Gesetz sollte Karthago nie wieder aufgebaut werden. All das geschah im Jahr 146 v. Chr. Der »Fluch« hielt nur knapp über ein Jahrhundert. Kaiser Augustus erkannte, dass das römische Weltreich auf den strategisch wichtigsten Hafen Nordafrikas nicht verzichten konnte, und befahl, Karthago prächtiger als je zuvor auferstehen zu lassen.

Fast alle der großartigen Ruinen – die heute in Tunesien zu sehen sind oder Tag für Tag neu ausgegraben werden, sei es in Karthago selbst oder im Umfeld – stammen aus der Zeit des römischen Kaiserreichs. Erst langsam werden auch verschüttete Überreste aus der punischen Ära Karthagos ausgegraben. Die Römer hatten ihr Zerstörungswerk gründlich betrieben.

Kerkouane wurde von den Römern vergessen und ist die einzige Stadt, die nach den Punischen Kriegen erhalten geblieben ist.

2. *Kapitel*

Die Stunde des Christentums

Mit dem Wiederaufbau Karthagos fand auch das Christentum Einzug im heutigen Maghreb, der römischen Provinz Afrika mit seiner alt-neuen Hauptstadt. Mit dem Anwachsen der Zahl der Konvertiten wurden die Behörden auf sie aufmerksam. Und besorgt, da sich der neue Glaube mit der römischen Götterwelt – zu der auch die Cäsaren gezählt wurden – nicht vereinen oder integrieren ließ, wie die Kulte ägyptischen oder asiatischen Ursprungs.

Trotz aller Gegenmaßnahmen entwickelte sich just diese Provinz, das heißt das heutige Tunesien, zum geistigen Zentrum der westlichen, also lateinischen Christenheit. Und daran konnten selbst brutale Verfolgungen nichts ändern. Während im krisenerschütterten Rom mit seinen Kaisern und Gegenkaisern noch in griechischer Sprache gepredigt wurde, verbreiteten in Afrika die ersten, zumeist namenlos gebliebenen Lehrer ihren neuen Glauben bereits auf Lateinisch.

Die frühesten christlichen Märtyrer kamen im heutigen Tunesien zur Zeit des brutalen Kaisers

Commodus, Sohn des weisen Marcus Aurelius, 180 in der Stadt Scillium ums Leben. Das hinderte in der Folgezeit den ersten bedeutenden Kirchenlehrer Tertullian (160–225 n. Chr.) – Sohn einer tunesischen Bauernfamilie, der im Jahr 195 zum Christentum bekehrt wurde – nicht daran, in seinen Predigten den neuen Glauben – auch in Briefen an die römischen Behörden – eloquent zu verteidigen. In diesem Sinn bezeichnet der deutsche Theologe Adolf Hannak, übrigens ein Protestant, Tertullian als »Begründer der westlichen Theologie«.

Vom theologischen Standpunkt noch wichtiger als die Schriften Tertullians für die Entwicklung der »Westkirche« waren die Predigten des als Märtyrer verehrten Bischofs von Karthago, des heiligen Cyprian, der während der letzten großen Christenverfolgung im römischen Kaiserreich (258 n. Chr.) ums Leben kam. Der Heilige stammte im Gegensatz zum Bauernsohn Tertullian aus einer adeligen heidnischen Familie in Karthago und ließ sich im Jahr 246 n. Chr. taufen. Er verteilte das ganze Familienvermögen unter die Armen von Karthago und wurde schließlich zum Bischof der Stadt geweiht.

Während der vorhergegangenen dreißig – für die Christen – friedlichen Jahre hatte sich der neue Glaube über den Großteil des Maghreb ausgedehnt, wobei sich allerdings Rivalitäten unter den einzelnen Bischöfen, aber auch verschiedenen Glaubensrichtungen und Sekten, deren Namen heute nur noch Theologen kennen, verschärften. Diesen Zustand versuchte Cyprian in seiner Korrespondenz mit dem

Papst, sprich »dem Bischof von Rom«, zu beenden. Als die Verfolgung der Christen neuerlich einsetzte, wurde Cyprian, inzwischen über die Grenzen der Provinz bekannt, als inoffizieller »Bischof von Afrika« vor den heidnischen Prokonsul Gerius Maximus zitiert, wo er sich offen als Führer einer von Rom sogenannten »götterverachtenden Sekte« bekannte. Er weigerte sich, seinem Glauben abzuschwören, und wurde umgehend hingerichtet.

Falls die Behörden indes geglaubt hatten, die christliche Gemeinde durch die Hinrichtung ihres anerkannten Führers zu schwächen, hatten sie sich geirrt. Dank des Wirkens des Märtyrers hatte sich die Organisation der Gemeinde gefestigt und durch den Tod des Bischofs wurde diese eher gestärkt als geschwächt.

Mit dem Edikt von Mailand (303 n. Chr.) des ersten christenfreundlichen (aber erst unmittelbar vor seinem Tod getauften) Kaisers Konstantin endeten die Christenverfolgungen im Imperium Romanum. Ungelöst blieben indessen die Differenzen zwischen der römischen Kirche und den verschiedenen christlichen Konfessionen des Ostens, wie den griechischen Orthodoxen und den so genannten »altorientalischen« Kirchen (wie den Armeniern oder Kopten). Von den verschiedenen Sekten, wie etwa den unter den germanischen Völkern weit verbreiteten Arianern (von denen noch die Rede sein wird), ganz zu schweigen. Und durch die Spaltung des römischen Reiches in Ost- und Westrom wurden diese theologischen, aber auch teilweise politischen Konflikte noch verschärft.

Die Anerkennung des Christentums (ohne auf differenzierte Richtungen einzugehen) als offizielle Staatsreligion in beiden Teilen des römischen Reiches lieferte die Grundlage für das Wirken – zumindest im Westen – des wohl bedeutendsten Kirchenvaters: Augustinus. Geboren 334 n. Chr. in Tagaste (im heutigen Algerien), Teil der Provinz Afrika, als Sohn der einheimischen Christin Monica und eines römischen Bürgers undefinierter ethnischer Herkunft, stand er ursprünglich den Sekten der Manichäer und den Neoplatonisten näher als der »rechtgläubigen« lateinischen Kirche, bis er 387 n. Chr. vom Bischof von Mailand, dem heiligen Ambrosius, zum wahren Glauben bekehrt wurde.

395 n. Chr. wurde er zum Bischof der wichtigen nordafrikanischen Hafenstadt Hippo Regius geweiht. Von dort übten seine Schriften einen bestimmenden Einfluss auf die gesamte abendländische Philosophie und Theologie aus. Im Kampf gegen die in akademischen Kreisen weit verbreitete Skepsis brachte er als Erster die Bedeutung des Bewusstseins als unbezweifelbaren Ausgangspunkt jeder Wahrheitserkenntnis zum Ausdruck. Sein Hauptwerk »De Civitate Dei« (»Über den Gottesstaat«) bildet bis heute eine der Grundlagen der westlichen Theologie und führte dazu, dass sich der »römische Katholizismus« im Westen gegen die östliche Theologie durchsetzte. Dies bewirkte, dass die römische Kirche im Gegensatz zur griechischen Orthodoxie – zumindest bis in die Zeit der Reformation – als führende Kraft unter den Bekennern zum Christentum akzeptiert wurde.

Das Werk des heiligen Augustinus ist heute in der ganzen christlichen Welt anerkannt, wobei ihn allerdings viele Studenten der Theologie und Philosophie, die nicht allzu tief in die Substanz seiner Schriften eingehen, für einen »Römer« halten und nicht für einen ethnischen Nordafrikaner.

Es war Augustinus jedoch nicht vergönnt, sein Werk in Ruhe und Würde zu beenden. 429 n. Chr. fielen die germanischen Vandalen im römischen Nordafrika ein, nachdem sie selbst von den Westgoten aus Spanien verdrängt worden waren. Innerhalb eines Jahres besetzten sie den ganzen Maghreb. Nur die Hauptstadt Karthago hielt sich noch etliche Jahre. Während der Belagerung seiner Bischofsstadt Hippo starb Augustinus an den Entbehrungen. Die Vandalen waren wohl Christen, aber gleichzeitig Anhänger der arianischen Richtung, wonach Jesus Christus nur aufgrund des »Logos« (Wort) als »gottähnlich« und nicht als »gottgleich« anzusehen sei. In den ersten Jahren ihrer Herrschaft in Nordafrika – nachdem sie die Stadt Karthago erobert und zu ihrer Hauptstadt erkoren hatten – zwangen die Vandalen die Christen, zum Arianismus überzutreten. Nach einigen Jahrzehnten wurden sie jedoch toleranter, sodass die Mehrheit der Bevölkerung »lateinisch« blieb.

Im Übrigen meinen die meisten modernen Historiker, dass die Vandalen ihren noch heute sprichwörtlichen negativen Ruf, ähnlich wie die Karthager, der Tatsache verdanken, dass ihre Geschichte von Feinden geschrieben wurde. Die Vandalen blieben das einzige germanische Volk, das sich in Nordafrika häuslich niederließ und neben Tunesien noch den ganzen Maghreb ein rundes Jahrhundert lang beherrschte. Sie erlernten sogar die seit den Karthagern in Nordafrika heimische Kunst der Seefahrerei. Allerdings nicht, um zu kolonisieren, sondern um Rom und Italiens Küsten zu plündern – ohne dort länger zu bleiben.

In Tunesien erbauten sie keine neuen Städte, sondern nisteten sich in den weitgehend leeren Siedlungen der romanisierten Bevölkerung ein. Das »dolce vita« unter Einheimischen, die zivilisatorisch weit über ihnen standen, sollte den wilden Männern aus dem Norden indes nicht gut bekommen. Ihrer Urkraft beraubt und weitgehend verweichlicht, leisteten sie kaum Widerstand, als der oströmische Kaiser Justinian nach einem siegreichen Krieg gegen die persischen Sassaniden seinen erprobten Feldherren Belisarius nach Afrika entsandte, um die afrikanischen Provinzen wieder unter die Dominanz (Ost-) Roms zu bringen. In einem für damalige Verhältnisse blitzartigen Krieg zerstörte Belisarius (der übrigens als Erfinder des Steigbügels gilt) das Reich der Vandalen. Die Vandalen selbst verschwanden aus der Geschichte, die Überlebenden wurden auf Sklavenmärkten des römischen Reichs verkauft.

Nachdem der Nachfolger des Belisarius, der Eunuche Narses, auch die Ostgoten in Italien besiegt hatte, erreichte das oströmische (byzantinische) Reich seine größte Ausdehnung seit der Spaltung des Imperiums.

Für das heutige Tunesien erwies sich der Machtwechsel als positiv, sieht man davon ab, dass der religiöse Bereich nun – zumindest oberflächlich – von Bischöfen der Ostkirche dominiert wurde, die beim Konzil von Kalzedon (451 n. Chr.) den Primat des »Bischofs von Rom« über die Gesamtkirche abgelehnt hatten. Das Griechische als Amtssprache konnte sich weder unter den Städtern noch unter den eingeborenen Berbern durchsetzen.

3. Kapitel

Sturm aus der Wüste

Die nächste historische Wende, welche die Zukunft, nicht nur des heutigen Tunesien, sondern der gesamten Welt bis in die neueste Zeit grundlegend verändern sollte, ging nicht von einer der historischen Großmächte der Region – Westrom, Ostrom oder dem wieder erstarkten Persien der Parther und Sassaniden – aus, die sich im vorhergegangenen Jahrhundert bis zur gegenseitigen Erschöpfung bekämpft hatten, sondern von einer, wenn nicht unbekannten, so doch weitgehend ignorierten Region aus dem Herzen der arabischen Halbinsel.

In der ersten Hälfte des siebenten Jahrhunderts verkündete der selbsternannte Prophet – die Bezeichnung »selbsternannt« darf in diesem Fall nicht als abwertend interpretiert werden – Mohammed Ibn Abd Allah seinen neuen Glauben, der im Wesentlichen aus jüdischen, christlichen und autochthonen Wurzeln entstanden war. Nach harten Kämpfen hatte er sich in der uralten Pilgerstadt Mekka etabliert und bis zu seinem Tod die innerarabischen Stämme und damit den Großteil der Halbinsel zum eigenen monotheistischen Bekenntnis bekehrt, das sich zu einer Weltreligion entwickeln sollte.

Die Nachfolger des »Propheten aus dem Nichts«, die so genannten Kalifen, die vorerst aus dem Umfeld Mohammeds stammten, hatten noch weitreichendere Pläne, die letztlich einen weltweiten Gottesstaat zum Ziel hatten. Der Moment war dafür günstig. Die Großmächte der Ära waren, wie bereits erwähnt, militärisch, aber auch moralisch weitgehend erschöpft, sodass sie einer neuen Macht nichts entgegenzusetzen hatten, die überdies vom Gedanken einer begeisternden Mission beseelt war – den sie selbst im Wesentlichen verloren hatten. Und sogar in der militärischen Taktik waren sie der blitzschnellen Kavallerie der Moslems (»Mussulman«, wie sich diese nannten) unterlegen. Der erste Kalif Abu Bakr, Mohammeds Schwiegervater, regierte nur zwei Jahre lang (632–634 n. Chr.), konsolidierte aber die durch den Tod des Propheten kurzfristig geschwächte Macht im Kernland Arabiens.

Sein Nachfolger Omar, der den Titel »Prinz der Gläubigen« (Amir el Mu'minin) annahm, hatte grandiosere Pläne. Er besiegte den byzantinischen Kaiser Heraklius und nahm Jerusalem ein, vernichtete das persische Reich und drang weiter in den zentralasiatischen Raum ein. Schließlich eroberte sein General Amr Ibn el-As Ägypten und legte damit den Grundstein für das Weltreich der Araber. Seine Gegner machten ihm das Siegen nicht nur durch die militärische Unterlegenheit leicht, sondern auch – was Byzanz betraf – durch die Spaltung der östlichen Kirchenwelt. In Ägypten hatten die byzantinischen Herrscher (Angehörige der griechisch-orthodoxen Kirche) den einheimischen Glaubensbrüdern, die sich zur koptischen Kirche bekannten, nicht nur eine Fremdsprache aufgedrängt, sondern diese auch als Häretiker bekämpft. In Syrien – zu dem das heutige Palästina gehörte – bekämpften einander ein halbes Dutzend christlicher Richtungen. Als der byzantinische Kaiser Heraklius zu vermitteln versuchte, entstand daraus nur eine weitere christliche Glaubensgemeinschaft, die *Melkiten* (nach »Melek«, aramäisch König). Die Angehörigen der rivalisierenden Kirchen hatten naturgemäß wenig Lust, im Kampf gegen die im Allgemeinen gegenüber den Christen toleranten Moslems ihren Kopf hinzuhalten.

Andererseits machten sich auch unter Mohammeds Glaubensrichtung schwer wiegende Spaltungstendenzen bemerkbar. Nach der Ermordung des dritten Kalifen Othman und dessen Nachfolger, Mohammeds Schwiegersohn Ali, sowie der Söhne des Letzteren, Hassan und Hussein, war die Trennung in *Sunniten* (nach »Sunna«, Tradition) und *Schiiten* (eigentlich Schiat Ali – Partei Alis) innerhalb der eher mystischen »Umma«, der Nation des arabischen Islam vollzogen. Seltsamerweise konnten diese Spaltung, die sich fallweise zur offenen Feindschaft entwickelte, und der Verlust der ethnischen, sprich arabischen Identität durch die Eingliederung der arischen Perser und der zentralasiatischen Turkstämme den rasanten Eroberungszug der islamischen Heerscharen nicht bremsen. Innerhalb eines knappen

Jahrhunderts eroberten sie ein Territorium, dessen Ausdehnung jene des römischen Reiches zu seiner größten Zeit übertraf – allerdings nicht dessen Bevölkerungsanzahl.

Nicht einmal das Meer konnte die zweite und dritte Generation der Wüstenkrieger aufhalten. Von den Nachfahren der alten Phönizier ausgebildet, kreuzten ihre Flotten schließlich vor der »Welthauptstadt Byzanz« (Konstantinopel) auf, gegen deren in Jahrhunderten aufgebaute Befestigungen sie allerdings nichts ausrichten konnten. Der energische Kaiser Leo, genannt der Isaurier, trieb sie schließlich nach Kleinasien zurück. Im Osten überschritten die Glaubenskrieger dagegen den Oxus und stürmten die historischen Städte Innerasiens bis Balkh (im heutigen Afghanistan). Am Indus erreichten sie die Ostgrenze des einstigen Reiches Alexanders des Großen.

In Nordafrika befahl der fünfte Kalif – der Usurpator Muavija und der erste, der nicht aus dem Umfeld des Propheten, sondern aus dem Haus der *Omajaden* entstammte und nach der Ermordung des Kalifen Ali (durch Angehörige der fanatischen Sekte der Kharijiten) den Thron, diesmal in Damaskus, bestiegen hatte – seinem fähigsten General Okba Ibn Nafi, von Ägypten aus so weit wie möglich in den Westen des Kontinents vorzustoßen. Okba gründete, unweit des alten Memphis und des heutigen Kairo, eine neue Stadt, die ihm ermöglichen sollte, eine große Offensive zu starten. Dieser Vorstoß gestaltete sich leichter als von den Angreifern erwartet. Die Libyer, traditionelle Söldner seit der Zeit Hannibals und ohne na-

Kairouan, die neue Hauptstadt Okbas, südlich von Karthago

tionale Ambitionen, leisteten kaum Widerstand, besonders nicht für ein fremdes byzantinisches Regime. In Rekordzeit erreichte – und überschritt – Okba die heutige tunesische Ostgrenze. Nur im Umfeld des zweiten Karthagos, das nunmehr als Metropole Nordafrikas gedient hatte, leisteten die Byzantiner und die christliche Stadtbevölkerung organisierten Widerstand. Dieser bewog den arabischen Feldherren, angesichts der enormen Distanz von seiner neuen Basis in Fustat, den Vormarsch zeitweilig einzustellen, notabene, da er keinen größeren Belagerungstrain mit sich führte, um eine so stark befestigte Stadt einzunehmen.

Ohne Chance, Karthago rasch zu erobern, entschloss sich Okba, im Zentrum des einstigen Punierreiches eine neue Hauptstadt, sowohl mit militärischer als auch religiöser Bedeutung, zu gründen. Seine Wahl fiel auf die bislang unbedeutende Stadt Kairouan südlich von Karthago, in sicherer Distanz von der Küste des Mittelmeeres, das von der byzantinischen Flotte dominiert wurde. Die neue Stadt wurde nicht nur stark befestigt, in ihrem Zentrum erbauten die Eroberer die damals größte Moschee westlich des Nils, die er mit Zustimmung des Kalifen Muavija zur viertheiligsten Stätte des Islam – nach Mekka, Medina und Jerusalem – erklärte. Zur Stärkung seiner eigenen, militärisch unsicheren Situation errichtete der Feldherr eine Kette von Festungen quer durch das eroberte Land vom Meer bis zur Wüste. Dadurch sollten nicht nur die Byzantiner in Karthago, die nun über das Meer von

Die Ruinen von Karthago

Italien aus versorgt wurden, in Schach gehalten werden, sondern auch die kriegerischen Berberstämme, die den Islam nur zögernd angenommen hatten.

Karthago selbst, die letzte christliche Basis am Ostrand des Maghreb, fiel erst 698 n. Chr. und wurde ein zweites Mal zerstört, allerdings nicht so gründlich wie durch die Römer ein halbes Jahrtausend zuvor. Damit endete die christliche Ära in Tunesien, sieht man von einigen kleineren, isolierten Gemeinden in entlegenen Teilen des Landes ab. Die islamische Vorherrschaft wurde bis heute nie wieder angefochten, auch nicht durch etliche kurzfristige europäische Invasionen oder in der jüngeren Vergangenheit durch das französische Protektorat, von dem noch eingehend die Rede sein wird.

Wie aber konnte es geschehen, dass das Christentum in Tunesien, das so viele bedeutende Kirchenväter hervorgebracht hatte, die ihrerseits einen unschätzbaren Beitrag zur Konsolidierung der lateinischen Kirche geleistet hatten, innerhalb weniger Jahrzehnte dem Untergang preisgegeben war, ohne dass es gewaltsame Konvertierungsversuche vonseiten der neuen Landesherren gegeben hätte? Mit dieser Frage hat sich Pater Ramon Echeverria, der Leiter des Studienzentrums der »Weisen Väter von Algier« in Tunis eingehend befasst. Und er hat eine logische Antwort auf die Frage gefunden.

Das Christentum in Tunesien (und in anderen Teilen des Maghreb vor der arabischen Invasion), er-

Das moderne Tunis: im Vordergrund die beeindruckende Kathedrale

klärte er, war im siebenten und frühen achten Jahrhundert unter der perfekten Oberfläche zutiefst gespalten. Nämlich zwischen jenen Christen, die zur Zeit der Verfolgung, besonders durch die römischen Kaiser Decius und Diokletian und der arianischen Vandalen, von ihrem Glauben abtrünnig geworden waren, um ihr Leben zu retten, und jenen, besonders in der Stadt Karthago, die ihrer Religion trotz Verfolgung treu geblieben waren. Nach dem Ende der Verfolgungen wollten die Schwachen zu ihrem alten Glauben zurückkehren, doch dies wurde ihnen von den treu Gebliebenen verwehrt. Dadurch entstanden verfeindete Gruppen innerhalb der großen christlichen Gemeinden. Unter den Rechtgläubigen befanden sich mehrheitlich die aristokratischen Gruppen in Karthago. Die Übrigen setzten sich in erster Linie aus der Landbevölkerung zusammen. Mit anderen Worten, es handelte sich mehrheitlich um Angehörige der Berberstämme, deren Glauben von starken urständischen Elementen durchsetzt war. Und dieses Verhältnis wurde nach dem totalen militärischen Sieg der Moslems in einem eigentümlichen Verhältnis zur neuen Staatsreligion deutlich. Dieser eigentümlich »berberische« Einfluss ist bis heute in der in Tunesien dominierenden Richtung der so genannten *Ibadhiten* erkennbar, die ansonsten in der arabischen Welt nur im Sultanat Oman am Persischen Golf unter der eingeborenen Bevölkerung vorherrscht. Dass sowohl in Tunesien als auch im Oman heute der Geist der Toleranz unter der Bevölkerung dominiert, kann wohl kein Zufall sein.

Das umkämpfte Kairouan

Doch zurück zum Siegeszug des Islam, der mit der Eroberung Karthagos (698 n. Chr.) noch keineswegs zu Ende war. Bereits fünf Jahre vor dem Fall der alten Stadt Hannibals war Okbas Armee entlang der nordafrikanischen Küste in Richtung Westen vorgestoßen. Ohne auf ernsthaften Widerstand zu treffen, wurden Tanger und der Atlantische Ozean erreicht. Doch unternahm der Feldherr keinen ernsthaften Versuch, nach Europa überzusetzen. Vielleicht spielte die bis in die Antike zurückreichende Urangst der Mittelmeervölker vor der unendlichen Weite des Atlantiks jenseits der »Säulen des Herkules« (der Straße von Gibraltar) eine Rolle.

Okba hatte geglaubt, mit der Eroberung von Karthago seinen Auftrag erfüllt zu haben, und teilte seine Truppe in kleinere Gruppen auf, um sie in Tunesien anzusiedeln. Das war ein schwerer Fehler, wie sich alsbald herausstellen sollte. Eine arabische Garnison nach der anderen wurde, nicht von einem Comeback der Byzantiner, sondern von den freiheitsliebenden Berbern aufgerieben. In den folgenden Jahren herrschte im einstigen Land der Phönizier das Chaos. Die Araber mussten selbst die heilige Stätte von Kairouan den Berbern überlassen.

Erst gegen Ende des siebenten Jahrhunderts sandte der nächste bedeutende Kalif von Damaskus, Omajade Walid, ein weiteres starkes Heer gegen die Berber, das zuerst Kairouan rückeroberte und nach einer Konsolidierungspause zum zweiten Mal bis Tanger vorstieß. Der neue Gouverneur der Hafenstadt an der nördlichsten Spitze Marokkos, Tarik Ibn

Sijad, hatte weitreichendere Pläne als Okba Ibn Nafi. Er überschritt mit seinen Leuten die Meerenge zwischen Europa und Afrika und errichtete eine Festung rund um einen steilen Felsen am spanischen Ufer, den er Djebel Tarik, Berg des Tarik, nannte. Daraus leitet sich das Wort Gibraltar ab.

Noch im gleichen Jahr besiegte er die Armee, welche der Westgotenkönig Roderick ausgesandt hatte, um das moslemische Heer aus Spanien zu vertreiben. Ohne auf größeren Widerstand zu stoßen, marschierten Tariks Reiter nach Norden und kamen erst im mittleren Frankreich zum Stehen, wo sie bei Poitiers von einer Streitmacht der germanischen Franken unter dem Hausmeier der Merowinger, Karl Martell, besiegt wurden. Die Schlacht ist als Wendepunkt im Krieg Europas gegen die Moslems in die Geschichte eingegangen, obwohl die Invasoren in kleineren Gruppen noch mehrmals nach Frankreich vorstießen. Schließlich zogen sich die »Mauren« hinter die Pyrenäen zurück und überließen die nördlichen Provinzen Spaniens den Christen. Von diesen Provinzen begann Jahrhunderte später die »Reconquista«, die Wiedereroberung Spaniens, doch dies ist eine andere Geschichte.

Die omajadischen Kalifen waren nun bestrebt, ihre Machtposition, die von Innerasien bis auf die Iberische Halbinsel reichte, zu konsolidieren. Von Damaskus aus war dies angesichts der großen Distanzen nur schwer möglich. Ein zweites Verwaltungszentrum im Westen musste errichtet werden. Karthago kam nicht mehr infrage, da die Moslems, über den anhaltenden Widerstand verärgert, die Stadt nach ihrer Eroberung vollständig zerstört hatten. Als Ersatz bauten sie an der Stelle eines Dorfes unmittelbar südlich der Punierstadt eine neue Hauptstadt, die sie Tunis nannten. Seit dieser Zeit bürgerte sich auch die Bezeichnung Tunesien für das Umland ein, das in seinen Grenzen etwa jenen des einstigen Punierstaates entsprach.

Nachdem das letzte Maurenkönigreich von Granada auf der Iberischen Halbinsel von den vereinten Heeren der »Reyes Catolicos«, der katholischen Könige Ferdinand von Aragonien und seiner Gattin Isabella von Kastilien, erobert worden war, versuchte das vereinigte Spanien im Gegenzug seinen Einfluss auf Nordafrika von Marokko bis Tunesien auszudehnen.

Doch wir haben dem Verlauf der Geschichte weit vorgegriffen. Just zum Zeitpunkt seiner größten Machtausdehnung »kollabierte« das Kalifat der Omajaden, nicht unter Druck von außen, sondern von innen. 730 n. Chr. wurde der letzte Kalif von Damaskus, Merwan, von einer Revolte gestürzt, deren Zentrum im heutigen Irak lag. Die neue Dynastie nannte sich *Abbasiden*, nach Abbas, einem Onkel Mohammeds. Die erste Tat der neuen Kalifen, die Bagdad zu ihrer Hauptstadt erkoren, war die Ausrottung der überlebenden Mitglieder des Hauses Omaja. Einem Prinzen gelang jedoch die Flucht ins ferne Spanien, wo er rasch Unterstützung fand und sich zum »Gegen-Kalifen« in Cordoba ausrufen ließ.

Durch die Spaltung im islamischen Lager erlangten die lokalen Machthaber in Tunesien zum ersten

Bis heute finden sich wie einst Parfumläden im Bazar von Tunis.

Mal seit der Islamisierung des Landes eine gewisse Unabhängigkeit. Offiziell Teil des Kalifats der Omajaden, unternahmen sie nichts, um die alte Dynastie zu unterstützen, und akzeptierten die Souveränität des neuen Kalifen in Bagdad. Sie hielten sich auch auf Distanz zum rivalisierenden Kalifat von Cordoba. Dessen Machthaber konzentrierten sich auf die Konsolidierung ihrer eigenen Position auf der Iberischen Halbinsel und machten keinen Versuch, das nordafrikanische Gebiet jenseits der Straße von Gibraltar unter ihre Kontrolle zu bringen.

Überdies hatten die christlichen Kleinkönige südlich der Pyrenäen die Schwächung der islamischen Einheit für Vorstöße in den Süden zu nutzen versucht. Noch konnte man nicht von einer »Wiedereroberung« sprechen. Immerhin gelang es den spanischen Omajaden, den einzigen ernst zu nehmenden Versuch Karls des Großen, sein Reich auf spanisches Gebiet auszudehnen, blutig zurückzuschlagen, wobei Karls Paladin, der zur Legende gewordene Roland mit seinem Horn, getötet wurde. Allerdings nicht von den Moslems, wie die Tradition behauptet, sondern von den Basken, die damals ihren Kampf um Eigenständigkeit begannen, der in gewissem Sinn noch heute andauert. Zu einer Gegenoffensive in den Norden waren die spanischen Omajaden allerdings nicht in der Lage, da es immer wieder zu Rebellionen vonseiten ihrer Berber-Einheiten gekommen war.

Inzwischen war der Griff der Abbasiden auf Tunesien und die anderen Maghreb-Länder immer schwächer geworden. War es schon schwer gewesen, die

Territorien am Westrand des Reiches von Damaskus aus zu regieren, so erwies sich die Ausübung der Souveränität aus dem noch weiter entfernten Bagdad als praktisch unmöglich. Nicht zuletzt, da die politischen und militärischen Interessen der Abbasiden im Osten lagen. Das erkannten auch die nordafrikanischen Berber, welche nun die lokalen Vertreter des »Beherrschers der Gläubigen« nötigten, eingeborene Stammesführer – widerwillig – in die Verwaltung, sozusagen vor Ort, einzubauen.

So begann der Stern der Abbasiden im Westen Nordafrikas rasch zu sinken. Schon 801 n. Chr., also nur ein Jahr nachdem sich Karl der Große in Rom zum Kaiser des neu erstandenen römischen Reiches hatte krönen lassen, folgte der Gouverneur von Tunis dem Beispiel der Herrscher von Cordoba und zwang die loyal gebliebenen Funktionäre des »östlichen« Kalifen, sich ihm zu unterstellen oder aus dem Land zu fliehen. Nachdem die befürchtete Strafaktion der Abbasiden ausgeblieben war, unternahm der Gouverneur, ein gewisser Ibrahim el Aghlab, einen weiteren Schritt und erklärte sich für souverän. Um dies zu dokumentieren, begann er in Tunis sein eigenes Geld zu münzen, wobei der Name des Kalifen – es war übrigens der aus »Tausendundeiner Nacht« bekannte Harun al Raschid – nicht mehr auf den Silberlingen verzeichnet war. Er untersagte auch den Predigern in den Moscheen, den Namen des Kalifen in den Gebeten zu erwähnen. Dadurch kam das von Okba Ibn Nafi errichtete und später teilweise verfallene Heiligtum von Kairouan wieder zu Ehren. Die

Aghlabiden, die Tunesien und große Teile des Maghreb rund ein Jahrhundert lang beherrschten, ließen die Überreste des ersten Gotteshauses aus der Zeit Okbas abreißen und errichteten am gleichen Ort eine prunkvolle Moschee, deren Ruf sich alsbald über die ganze islamische Welt ausbreitete und noch heute Besuchern Bewunderung abringt: Nirgendwo in Nordafrika, auch nicht in Ägypten, gibt es ein ähnlich imposantes Gotteshaus aus dem ersten Jahrtausend des Islam.

Nachdem jede ausländische Bedrohung verschwunden war, gingen die Aghlabiden selbst zur Offensive über. In der Tradition der ersten arabischen Seefahrer bauten sie ihre eigenen Kriegsschiffe und eroberten die von Ostrom beherrschten Inseln Sizilien und Sardinien. Erstmals waren Nachfahren der Beduinen zur führenden Seemacht im Mittelmeer avanciert. Seit dieser Zeit wetterten die Chronisten Europas gegen die »Berber-Piraten« als »Geißel der Christenheit«. Wobei zu erwähnen wäre, dass sich die nordafrikanischen Seeleute keineswegs als »Seeräuber« betrachteten, sondern als legitime Kapitäne des Emirs von Tunis. Die arabische Okkupation läutete das goldene Zeitalter in der Geschichte Siziliens ein. Die Zeugnisse der arabischen Herrschaft sind bis heute in Sizilien präsent: Palermo fiel 832 n. Chr. an die Moslems, Messina, die letzte byzantinische Bastion, zwölf Jahre später.

Die Ambitionen der tunesischen Seefahrer waren damit nicht erfüllt. Sie brandschatzten die Küsten der Apenninenhalbinsel, eroberten Bari und bedrohten Rom und Neapel. 869 n. Chr. eroberten die nordafrikanischen Seefahrer die Insel Malta und zwei Jahre lang musste selbst der Papst in Rom ihrem Emir Tribut zahlen, um sich dessen Wohlwollen zu erkaufen. Bis zur Ankunft eines anderen Seefahrervolkes, der *Normannen*, wagte es niemand, den von Tunis aus dirigierten arabischen Flotten entgegenzutreten. Selbst die Normannen gaben sich mit der Besetzung Siziliens, aus dem sie die Moslems vertrieben hatten, zufrieden und versuchten nicht, in Nordafrika einzufallen.

Zurück nach Tunesien. Die Aghlabiden hatten mit der Besetzung von Sizilien, Sardinien und Malta ihre maritimen Ziele erreicht und verlegten ihre nächsten Eroberungszüge auf das afrikanische Festland. Wobei es ihnen nichts ausmachte, diesmal nicht gegen Christen, sondern die Truppen des immerhin von der Mehrheit der Moslems anerkannten Kalifen von Bagdad zu kämpfen. Für diese Aktion entschuldigten sie sich vor der Nachwelt mit dem Hinweis, dass das Kalifat von Bagdad immer stärker unter den Einfluss von ethnischen Persern und Angehörigen von Turk-Völkern geraten war. Als erstes Ziel diente ihnen das benachbarte Libyen, wobei es ihnen zugute kam, dass die einheimische Bevölkerung keine autonomen Institutionen entwickelt hatte und direkt von Ägypten aus beherrscht wurde. Nach der Eroberung deren Territoriums fielen die Aghlabiden in Ägypten ein. Dort hatte sich der turkstämmige Gouverneur, Achmed Ibn Tulun, der Sohn eines Sklaven, etabliert, der den nominellen Kalifen el Mutamid entführt hatte. Ein Sohn Ibn Tuluns fiel seinerseits in Libyen ein, doch die Tunesier waren ihm zuvorgekommen und schlugen den Invasionsversuch zurück. Ibn Tulun versuchte nun in Syrien einzufallen, was ihm aber auf Dauer nicht gelang. Auch seine Versuche, in Ägypten eine neue Dynastie zu gründen, schlugen fehl. Seine Söhne waren unfähige Herrscher und Ägypten kehrte kurzfristig unter den Schirm der Abbasiden zurück. An die *Tuluniden* erinnert aber die nach Ibn Tulun benannte Moschee, die älteste noch bestehende in Kairo.

Indessen erwies sich auch die Herrschaft der Aghlabiden in Tunesien, trotz ihrer bedeutenden Anfangserfolge, als kurzlebig. Es lag an der in islamischen Herrscherhäusern üblichen Polygamie, welche eine Vielfalt rivalisierender Prinzen hervorbrachte. Auf den Tod jedes Herrschers folgte somit unvermeidlicherweise ein erbitterter Erbfolgestreit unter den männlichen Nachfahren, der nach beträchtlichem Blutvergießen auch den jeweils siegreichen Nachfolger geschwächt zurückließ. So wurden die Aghlabiden von Kairouan von den so genannten *Fatimiden* (benannt nach Fatima, der Tochter Mohammeds, die den vierten Kalifen Ali geheiratet hatte) in Tunis gestürzt. Die Aghlabiden zogen sich nach Sizilien zurück. Die Fatimiden sorgten für weitere Zwietracht in der islamischen Welt: Sie waren nämlich die einzige arabische Dynastie, die sich zur Richtung der Schiiten bekannte.

Just zu diesem Zeitpunkt waren die christlichen Königreiche in Spanien zur Offensive übergegangen, und die arabischen Emirate auf der Halbinsel sahen sich gezwungen, die »Unzivilisierten« – Almoraviden und später Almohaden – aus Marokko zu Hilfe zu rufen. Was in letzter Instanz zum Ruin der moslemischen Herrschaft in Spanien führte, denn die Marokkaner brachten ein Element religiöser Intoleranz in das maurische Spanien, das es zuvor nicht gegeben hatte. Dass alsbald auch die christlichen Könige diesem Beispiel folgten, ist eine traurige Ironie der Geschichte.

Die Machtübernahme durch die Dynastie der Fatimiden und durch Tunis bzw. Kairouan war nicht der erste und nicht der letzte Umsturzversuch durch die Anhänger des Hauses Ali. Diese hatten sich allerdings im Laufe der Zeit in zwei Gruppen gespalten: Die erste nannte sich »Siebener« oder Ismailiten, nach einem gewissen Ismail, einem Urenkel des in der Schlacht von Kerbela heroisch ums Leben gekommenen Hussein, dem jüngeren Sohn des Kalifen Ali. Ihr Oberhaupt ist heute der Aga Khan. Die anderen nannten sich »Zwölfer«, nach al Mustansar, einem Nachfahren aus der zwölften Generation, ebenfalls des Hauses Ali, der 878 n. Chr. von der turkstämmigen Leibgarde des abbasidischen Kalifen ermordet worden war.

Die »Zwölfer« hatten ihrerseits bereits etliche Aufstände gegen die Abbasiden angezettelt, denen allerdings kein entscheidender Erfolg beschieden war, die aber niemals gänzlich unterdrückt worden waren. Ihr letztes nominelles Oberhaupt war der Schah Mohammed Pahlevi, der allerdings nur als Platzhalter für al Mustansar angesehen war, weil im Glauben der Sekte dieser nicht tot, sondern nur verschwunden war und einmal wiederkehren würde.

Die Fatimiden waren besser organisiert als die anderen Sektierer. Sie zählten sich zur Richtung der »Siebener« und ihr unmittelbarer Führer war ein gewisser Said Ibn Hussein, der Anfang des zehnten Jahrhunderts, sozusagen aus dem Nichts, in Tunis aufgekreuzt war und als Prediger in Moscheen um Anhang geworben hatte. Die Aghlabiden-Herrscher warfen ihn in den Kerker, aus dem ihm seine Anhänger zur Flucht verhalfen. Mithilfe einiger Berberstämme gelang es ihm, die Aghlabiden zu stürzen und Sizilien und Malta unter seine Kontrolle zu bringen. Er proklamierte sich seinerseits zum »Mahdi« (der von Allah Gesandte) und gründete eine neue Hauptstadt, die er »Mahdia« nannte, südlich von Sousse und östlich von Kairouan. Sie ist heute ein beliebter Fremdenverkehrsort.

Sein eigentlicher Machtbereich – also das heutige Tunesien und die Inseln – war für einen Mann, der sich als von Gott Entsandter betrachtete, nicht groß genug. Er begann seine Territorien zu Lande zu vergrößern. Er marschierte gegen Ägypten, wobei ihm die Libyer kaum Widerstand leisteten. Er eroberte 914 n. Chr. die Hafenstadt Alexandria und verwüstete zwei Jahre lang das Nildelta. Bis 969 n. Chr. hatten seine Leute das ganze bewohnte Ägypten unterworfen.

Auch zur See übernahmen die Fatimiden die Rolle ihrer unmittelbaren Vorgänger. Ihre verschiedenen

Die Verschiffung der Amphoren im alten Hafen von Sousse

Flotten brandschatzten gleichzeitig die Küsten Frankreichs, der Republik Genua und Kalabriens. Tunesien war damit neuerlich zu einer Großmacht im Mittelmeerraum geworden. Angesichts der großen Distanz zwischen ihren Vorposten benötigten sie indes ein weiteres Zentrum und gründeten »Al Kahira«, die Siegreiche, in der Nähe des zu klein gewordenen alten Fustat und erklärten es zur neuen Hauptstadt ihres Reiches, das sich zu jener Zeit vom Altantik bis Syrien und zur arabischen Halbinsel erstreckte. Dadurch verlegte sich allerdings das Machtzentrum von Tunesien nach Ägypten. Tunis selbst musste sich mit dem Sitz eines Gouverneurs begnügen. In Kahira-Kairo ernannten sich die Nachfolger der ersten Fatimiden zu Kalifen, während die Macht der Abbasiden in Bagdad immer schwächer wurde.

Die Fatimiden waren bislang bei ihren Eroberungszügen, die sie bis in den Norden Syriens führten, auf keinen nennenswerten Widerstand gestoßen. Den Ägyptern war es egal, ob sie vom Kalifen in Bagdad oder dem Gegenkalifen einer aus Tunesien stammenden Dynastie in Kairo regiert wurden. Die Fatimiden verspielten jedoch ihren Vertrauensvorschuss, als sie die Bevölkerung der eroberten Gebiete zu ihrer schiitischen Glaubensrichtung zwingen wollten. Und ihre Armeen durch undisziplinierte Rekruten auffüllten. Syrien und Palästina rebellierten alsbald gegen die Fatimiden, während Sizilien und Malta von den Normannen, die sich in Süditalien etabliert hatten, erobert wurden. Alsbald war der Fatimidenkalif nur noch eine Marionette der verschiedenen militärischen Kommandanten.

In der zweiten Hälfte des elften Jahrhunderts tauchte aus den Weiten Innerasiens ein neues turkstämmiges Volk auf, die Seldschuken. Sie besiegten den byzantinischen Kaiser Romanus Diogenes bei Manzinkert und besetzten den Großteil Kleinasiens. Danach entrissen sie Syrien und Palästina, einschließlich Jerusalems, den Fatimiden. Ihr intolerantes Regime führte unmittelbar zur Bewegung der Kreuzzüge zur Befreiung der heiligen Stätten in Palästina. Und diese Bewegung ließ sich nicht mehr stoppen, obwohl die toleranten Fatimiden Jerusalem noch vor dem Eintreffen der Kreuzfahrerheere zurückerobert hatten – eine Entwicklung, welche die Geschichte des Nahen Ostens, in gewissem Sinn bis heute, grundlegend verändern sollte.

Inzwischen hatte sich der Gouverneur von Tunis gleichsam formlos für unabhängig erklärt, bis schließlich in Kairo der Heerführer Salah ed Din (Saladin) Ayubi, übrigens ein Kurde, den letzten Fatimiden formell absetzte. Saladin, der einzige Humanist unter den »Warlords« seiner Zeit, unterließ es, sich selbst zum Kalifen zu ernennen, wohl weil er sich als Kurde kaum als Nachfahre Mohammeds bezeichnen konnte. Er begnügte sich vielmehr mit dem Titel eines Sultans, was in der Praxis auf dasselbe hinauslief, aber ohne Anspruch auf ein religiöses Primat.

Tunis war dadurch nur marginal betroffen, denn Saladin stieß nicht nach Westen vor. Sein nächster Schritt war vielmehr die lange erwartete Abrechnung mit dem Erzfeind, dem Herrscher des Kreuzfahrer-Königreichs von Jerusalem, dem wankelmütigen Guy de Lusignan. Nach einem Rückschlag in der ersten Schlacht bei Askalon gelang es dem Sultan 1197, das größte Heer, das die Kreuzfahrer in Palästina und dem libanesischen Küstengebiet je hatten auf die Beine stellen können, bei den so genannten Hörnern von Hattin – im Hochland Galiläas westlich des Sees Genezareth – vernichtend zu schlagen. Der Kreuzfahrer-König und seine Paladine gerieten in Gefangenschaft. Danach fiel Jerusalem praktisch kampflos in Saladins Hand – und wurde von diesem geschont.

Damit war der erste Krieg mit den Kreuzfahrern beendet und der Sultan gönnte sich eine Ruhepause. Überdies wusste er, dass er nach der Besetzung Jerusalems mit einem weiteren Kreuzzug vonseiten der christlichen Welt zu rechnen hatte und dass er selbst auf der Todesliste der damals gefährlichsten Mördersekte, der Assassinen, stand – von deren Namen sich das spätere Wort »Assassin« im europäischen Sprachgebrauch ableiten sollte, genauer vom arabischen »Haschaschin« (wörtlich »Haschischesser«), der Droge, mit der sich die Fanatiker in einen Blutrausch steigerten. Saladin ging es vielmehr darum, nach seinem Sieg über die Christen den Frieden in der Region wieder herzustellen. Der erwartete Kreuzzug unter der Führung des englischen Königs Richard Löwenherz erwies sich als Fehlschlag. Saladin konnte mit seinen christlichen Gegnern einen Waffenstillstand abschließen, nachdem sich diese von der Aussichtslosigkeit ihres Unterfangens überzeugt hatten. Was danach mit Löwenherz geschah, ist eine andere Geschichte. Sein Schicksal musste jedoch in diesem Buch zumindest am Rande erwähnt werden, da das Wort »Kreuzfahrer« bis in unsere Tage in der Politik herumspukt.

Zurück zu den Entwicklungen im Tunesien des zwölften Jahrhunderts: Auch von den Besitzungen der Fatimiden in den Maghreb-Territorien hatte Saladin nichts zu befürchten. Notabene, da in Tunesien und den anderen westlichen Teilen Nordafrikas das Chaos herrschte. Die Beni Hilal, der wildeste aller zeitgenössischen Berberstämme, hatten sich gegen die Gouverneure von Tunis erhoben. Jahrelang verwüsteten sie das fruchtbare Land der einstigen Provinz Afrika und zerstörten sogar rücksichtslos die islamischen heiligen Stätten von Kairouan, als seien sie selbst Ungläubige. Wenn beträchtliche Teile des heutigen Tunesien bis in die jüngste Zeit unfruchtbar geblieben sind, so geht dies weitgehend auf die Kämpfe mit den Berbern im zwölften Jahrhundert zurück.

Und es sollte, sofern dies überhaupt möglich war, noch ärger werden. Die in der Wüstenstadt Marrakesch residierenden Emire der Dynastie der Almohaden, deren Reich zu jenem Zeitpunkt die übrig geblieben Fürstentümer der Mauren in Südspanien umschloss, sandten ihrerseits ein starkes Heer von Berberkriegern nach Tunesien und unterwarfen 1159 das Land. Erst nach etlichen Jahren entwickelte dieser Machtwechsel in Tunis auch eine positive politische Seite. Die marokkanischen Emire gerieten ihrerseits unter den Druck der christlichen Fürsten Spaniens, sodass sie eine zweite Front in Nordafrika tunlichst vermeiden wollten. Sie setzten daher eine heimische Dynastie, die Hafsiden, als Statthalter in Tunis ein, was erstmals zu einer Beruhigung im Land führte. Als im folgenden Jahrhundert das Reich der Almohaden zusammenbrach, erklärten sich die Hafsiden für unabhängig, wobei sie allerdings Tribut an den Staufferherrscher Friedrich II. als Beherrscher Siziliens und deutschen Kaiser zahlen mussten.

Mit dieser Bürde des Tributs hätten die Tunesier leben können, doch alsbald fiel Sizilien an Charles von Anjou, den machtgierigen Bruder des französischen Königs Louis IX. Charles überredete seinen frommen Bruder, der das Heilige Land befreien wollte, den letzten – siebenten – Kreuzzug nach Tunis umzudirigieren. Louis starb während der Belagerung von Tunis an der Pest, und die Franzosen mussten das Unterfangen abbrechen. Womit die Ära der Kreuzzüge ruhmlos zu Ende ging. Und die Tunesier lebten bis ins 16. Jahrhundert in Ruhe vor europäischen Glaubenskriegern.

Die französischen Kreuzfahrer hatten den Norden des Landes nicht weniger verwüstet als die rebellischen Berber einige Jahrzehnte zuvor. Die Bezeichnung »verbrannte Erde« war in ihrem Fall durchaus berechtigt. Auch die einst so prächtige Stadt Tunis hatte trotz überstandener Belagerung viel von ihrem Glanz verloren. Rivalisierende einheimische Kriegsherren bekämpften einander mit äußerster Brutalität, bis der marokkanische Sultan Abu Hassan aus der Dynastie der Meriniden in der Mitte des 14. Jahrhunderts das Land besetzte und die Ruhe einigermaßen wieder herstellte. Allerdings nur kurzfristig, denn alsbald kehrten die Hafsiden zurück, ohne allerdings die fortschreitende Verelendung des Landes aufhalten zu können.

Der wirtschaftliche und kulturelle Niedergang des Landes ging damit nur langsam zu Ende. Just in dieser schwierigen Zeit wurde 1332 einer der bedeutendsten Geschichtsschreiber der islamischen Welt, Abd al Rahman Ibn Khaldoun, in Tunis geboren. Er entstammte einer arabischen Familie aus dem iberischen Andalusien und stand zeitlebens im Dienst nordafrikanischer Herrscher. Sein Hauptwerk »Weltgeschichte« (arabisch »Kitab el Ibar«) mit seiner historisch-philosophischen Einleitung und seine »Geschichte der Berber« zählen bis heute zu den wichtigsten Werken über die islamische Periode in Nordafrika.

Ein Zeitgenosse Ibn Khaldouns war der berühmteste aller arabischen Forschungsreisenden, Ibn Batuta (1304–1377), der von Tunis aus seine Weltreise begann, die ihn bis China brachte. Seine Reisebeschreibungen sind bis heute die wichtigste historische Quelle aus erster Hand und sicher wesentlich seriöser als die fantasievollen Schilderungen Marco Polos. – Mit anderen Worten, das historische Erbe Tunesiens war auch in chaotischer Zeit nicht verloren gegangen.

4. Kapitel

Spielball der Mächtigen

Durch die anhaltenden inneren Unruhen war die politische Macht nicht nur Tunesiens, sondern der gesamten Maghreb-Region so sehr geschwächt, dass die aufstrebende Macht des 16. Jahrhunderts, die osmanischen Türken, geradezu eingeladen wurde, sich über den gesamten nordafrikanischen Raum auszudehnen, nachdem sie von ihren Basen in Kleinasien aus bereits Konstantinopel, das alte Byzanz, sowie die heutigen Balkanstaaten erobert hatten. Unter dem großen Sultan Selim I., der als erster türkischer Herrscher den Titel eines Kalifen angenommen hatte, brachten die *Osmanen* (nach Osman, dem Gründer der Dynastie) die andere Großmacht in westlichen Mittelmeerraum auf den Plan: das vereinigte Spanien, das 1492 die letzten Mauren von der Iberischen Halbinsel vertrieben hatte. Der Habsburger Karl I. (spanischer König seit 1516; als deutsch-römischer Kaiser Karl V.) machte sich erbötig, dem isolierten Herrscher von Tunis gegen die Türken zu helfen, und landete kurz danach an der Nordspitze Tunesiens. Aus dem großen Krieg gegen die Türken wurde nichts, aber die Spanier blieben etliche Jahre im Norden Tunesiens – bis sie schließlich ebenso unverrichteter Dinge wie zuvor die Franzosen abzogen. Sein Gesicht rettete der Habsburger, indem er vorher den letzten Hafsiden, Mulay Hassan, zum Herrscher von Tunis einsetzte.

In der Praxis stand einer Machtübernahme durch die Türken – und sei es durch Stellvertreter – nichts mehr im Wege. Der Krieg mit Spanien ging indessen unverändert weiter. Allerdings hauptsächlich zur See, wobei sich beide Seiten gegenseitig als »Piraten« bezeichneten. Die türkische Flotte befand sich noch im Aufbau, aber den Spaniern entstand im Korsarenkapitän Khaireddin, wegen seines roten Bartes Barbarossa genannt, ein gefährlicher Widersacher. Das geschichtliche Bild des Rotbarts schwankt zwischen Extremen. Für die »christliche Seefahrt« war der gebürtige Grieche ein brutaler Seeräuber, für die Moslems ein bedeutender »Admiral«, wobei dieser Flottenrang auf die arabische Wurzel – »Amir al Bahr«, Kommandant zur See – zurückgeht. Khaireddin hatte auch humanitäre Aufgaben übernommen. So konnte er mit seinen Schiffen die aus Spanien vertriebenen »Moriscos« – zum Christentum konvertierte Moslems, denen die Inquisition ähnlich wie den konvertierten jüdischen Marannos nicht vertraute – nach Nordafrika oder in die Türkei evakuieren. Was ihm einen Ehrenplatz in der Galerie der türkischen Helden sicherte.

Zu Lande war der Rotbart nicht so erfolgreich. Die Spanier hatten ihn seinerzeit vor Tunis besiegt, aber zur See blieb er nach dem Abzug Karls V. bis zu seinem Tod 86-jährig im Jahr 1546 weiterhin aktiv. Er hinterließ sein Kommando einem nicht weniger erfahrenden Korsaren, Dragut, der an seiner Seite gedient hatte. Dragut war womöglich noch grausamer als sein Vorgänger. Die Spanier hatten eine Festung auf der südtunesischen Insel Djerba okkupiert. Dragut belagerte das Fort und zwang die Besatzung zur Aufgabe. Danach ließ er seine Gefangenen bis zum letzten Mann köpfen und befahl, aus den Schädeln eine Pyramide zu bauen, die mehr als dreihundert Jahre als abschreckendes Beispiel für Invasoren dienen sollte. Erst der französische König Louis Philippe überredete im 19. Jahrhundert den tunesischen Herrscher, einer würdigen Bestattung zuzustimmen. Dragut, übrigens wie Khaireddin ein gebürtiger Grieche, eroberte später die maltesische Insel Gozo und verschleppte die gesamte Bevölkerung in die Sklaverei. 1565 wurde er beim Versuch der Türken, die Hauptinsel Malta zu erobern, während der erfolglosen Belagerung der Festung Valetta getötet.

Inzwischen rüsteten sowohl die Spanier als auch die Türken und deren Verbündete für die Entscheidungsschlacht zur See. Mithilfe des Papstes sammelte Philipp II. von Spanien, der Sohn Karls V., »die größte Flotte der Christenheit« und unterstellte sie seinem charismatischen Halbbruder, Don Juan d'Austria, dem Sohn der Regensburger Bürgerstochter Barbara Blomberg.

1571 kam es bei Lepanto, dem heutigen griechischen Naupaktos, zur bislang größten Seeschlacht der Neuzeit, übrigens dem letzten Seegefecht, das noch ausschließlich mit veralteten Galeeren ausgefochten wurde. Der türkische Admiral hatte wesentlich mehr Schiffe unter seinem Kommando, die spanischen Galeeren waren aber mit weiter tragenden Kanonen bestückt, die ihre Gegner im Verlauf der Schlacht praktisch aus dem Wasser schossen. Das Geschwader der tunesischen Korsaren hatte auf der Seite der Türken an der Schlacht teilgenommen. Ihre mit allen Meerwassern gewaschenen Kapitäne erkannten als Erste, dass die Schlacht verloren war, und segelten praktisch ungeschoren davon, ohne sich um das Schicksal der restlichen Flotte zu kümmern.

Die Türken hatten nach der Schlacht von Lepanto den Kampf um die Vorherrschaft im Mittelmeer auf Dauer verloren. Die Tunesier dagegen blieben, dank des Rückzugs ihrer eigenen Schiffe, vor neuerlichen Angriffen der Spanier sicher. Der Sultan nahm den Korsaren ihre Eigenmächtigkeit nicht übel, in der Erkenntnis, dass auch sie die Niederlage bei Lepanto nicht in einen Sieg hätten verwandeln können. So war er froh, dass er zumindest noch eine Flottille zur Verfügung hatte, um die Küstenstädte der christlichen Mittelmeerstaaten in steter Alarmbereitschaft zu halten.

Der Gouverneur von Tunesien hatte sich nach Erhalten der Nachricht vom Debakel der türkischen Seemacht für unabhängig erklärt und die Zahlung des jährlichen Tributs eingestellt. Worauf der Sultan den mehr oder weniger treu gebliebenen Korsaren den Befehl erteilte, die strategisch wichtige Provinz am Westrand des Maghreb in seinem Auftrag zurückzuerobern. Was diese auch bereitwillig taten, mehr als zufrieden, ihr kriegerisches Handwerk sozusagen im Auftrag einer Großmacht ausführen zu können.

Die »legalisierten Korsaren« erkannten sehr rasch, dass sie nicht in der Lage waren, mit ihren Mannschaften eine Provinz zu regieren. Der Sultan entschloss sich daher, die Verwaltung Tunesiens neu zu organisieren, um die Provinz fester an die so genannte »Hohe Pforte« zu binden. Zum neuen Gouverneur ernannte er einen türkischen Bey, dem ein Pascha als Militärkommandant zur Seite stehen sollte und ein so genannter Dey als ziviler Administrator. Die Titel kamen aus der ottomanischen Nomenklatur, allerdings war die Rangordnung dort anders: Ein Pascha (arabisch Bascha, weil die arabische Sprache kein »P« kennt) war mehr als ein Bey. Dagegen diente ein Dey später nur als Vertreter der Pforte als Gouverneur von Algerien.

Die direkte türkische Verwaltung einer Provinz im »fernen Westen« eines Riesenreiches stand von allem Anfang an auf schwachen Beinen. Der langsame Niedergang des osmanischen bzw. ottomanischen Reiches war natürlich ihren wechselnden Vertretern in Nordafrika nicht unbemerkt geblieben, nicht zuletzt weil sich das Interesse des Sultans und seiner Wesire immer mehr den hauptsächlich von Christen bewohnten europäischen Provinzen zuwandte. So waren in Ägypten die Nachfahren der Mamelucken in aller Stille und vorerst ohne offenen Aufstand wieder ans Ruder gelangt. Gleichzeitig schaltete Murad Bey, der türkische Bey von Tunis, seine engsten Mitarbeiter, den Pascha und den Dey, aus und ersetzte sie durch Männer seines Vertrauens (1612). Um einen offenen Aufstand zu vermeiden, sah sich der Herrscher am Bosporus gezwungen, gute Miene zum bösen Spiel zu machen und letztlich das Amt des Beys zu einem erblichen zu machen. Murads Regime hatte zweifellos seine Meriten, was das Wohl der Tunesier betraf. Er beschnitt die Macht der lokalen Militärs, deren Eigenmächtigkeit in einigen Regionen zu Anarchie und Chaos geführt hatte. Heute gilt Murad als der Vater der ersten staatlichen Organisation in Tunesien.

Der Bey und seine direkten Nachfolger konnten sich fast ein Jahrhundert lang an der Macht halten. Dann wurde 1705 ihr Regime durch eine Militärrevolte des Deys Hussein gestürzt, der vom »kranken Mann am Bosporus« die offizielle Bestätigung seiner Herrschaft als neuer Bey mit Erbrecht erlangte. Die Dynastie der *Husseiniten* regierte übrigens – und sei es unter dem französischen Protektorat – bis zur Ausrufung der unabhängigen Republik Tunesien durch Habib Bourgiba, mit dem sich dieses Buch noch eingehend befassen wird, im Jahr 1957.

Die Husseiniten waren die ersten Herrscher Tunesiens, die ein Interesse an geregelten direkten Beziehungen mit anderen Staaten zeigten – und nicht nur auf dem Umweg über den nominellen Souverän in Konstantinopel. Natürlich hatte es zwischenstaatliche Beziehungen in der Region schon in der Antike gegeben. Wie hätten einigermaßen zivilisierte Staaten sonst Kriege erklären oder Frieden schließen können? Die geregelten diplomatischen Beziehungen, wie wir sie heute kennen, sind indes ein Privileg der Neuzeit, das sich naturgemäß auf Staaten beschränkte, die in eigenem Auftrag für sich sprechen konnten. Für den Bey von Tunis war es daher äußerst wichtig, dieses Recht in Anspruch zu nehmen. Als Gesprächspartner kamen in erster Linie die Anrainerstaaten des Mittelmeeres infrage und natürlich die größte See- und Kolonialmacht Großbritannien. Für die Leser dieses Buches sind auch die ersten zwischenstaatlichen Kontakte mit dem »Heiligen Römischen Reich Deutscher Nation« interessant. Im konkreten Fall war das Deutsche Reich gleichbedeutend mit dem habsburgischen Österreich. Der gewählte Kaiser saß in Wien, wiewohl die anderen deutschen Fürsten seit dem Dreißigjährigen Krieg praktisch berechtigt waren, eigene Verträge abzuschließen. Überdies war Österreich der einzige deutsche Staat mit einer Mittelmeerküste. Und nicht nur das: Anfang des 18. Jahrhunderts waren die habsburgischen Besitztümer das Tunesien am nächsten liegende europäische Land. Am Ende des Spanischen Erbfolgekriegs hatten die Habsburger Neapel und Sardinien erhalten. Letzteres tauschten sie alsbald mit dem Haus Savoyen für Sizilien ein, was aus geografischen Gründen geradezu logisch war. Und darauf entstand die »Nachbarschaft« zwischen Österreich und Tunesien, just zu jenem Zeitpunkt, da der Bey begann, seine diplomatischen Kontakte auszubauen.

Die ersten Kontakte betrafen ein ausgesprochen brisantes Thema. Die christlichen Seefahrer hatten sich buchstäblich jahrhundertelang über die »maurischen Piraten« beschwert. Kaum beachtet wurden dagegen die Klagen der nordafrikanischen Handelsflotten über die sizilianischen Korsaren. Und diese waren in der ersten Hälfte des 18. Jahrhunderts habsburgische Untertanen. Es lag daher nahe, dass der Bey von Tunis seine erste diplomatische Mission nach Wien zu Kaiser Karl VI. entsandte. An sich nichts Außergewöhnliches, doch der Ablauf der Mission verhielt sich so skurril, dass er verdient, geschildert zu werden.

Die historische Mission unter der Führung eines sprachkundigen Gelehrten hatte als Gastgeschenk für den Kaiser zwei Panther mitgenommen. Auf der Reise durch Italien entkamen diese und fraßen ihre Wärter. Das war für die Delegation sehr peinlich, denn durch den Verlust des Geschenks hatten sie ihr Gesicht verloren. Dennoch wurden sie in Wien freundlich empfangen, und zwar von Prinz Eugen von Savoyen als Chef des Hofkriegsrates. Den Delegierten gefiel es so sehr in der Kaiserstadt, dass sie fast ein Jahr an der Donau verblieben. Mit dem Versprechen Wiens, die Sizilianer zu zügeln, kehrten sie nach Tunis zurück. Der Nutzen des ersten Vertrags zwischen Wien und Tunis blieb jedoch gering, da der Kaiser Sizilien und Neapel bald darauf an die Bourbonen abtreten musste.

In der zweiten Hälfte des 18. Jahrhunderts verstärkten sich die diplomatischen Beziehungen zwischen den europäischen Ländern und Tunesien – die 1776 gegründeten Vereinigten Staaten von Amerika bildeten noch Terra incognita, wiewohl sich dies bald ändern sollte. Während sich die Handelsbeziehungen in beide Richtungen verstärkten, blieb der diplomatische Bereich eine Einbahnstraße. Tunesien hatte weder das Know-how noch die Mittel, um ständige Vertreter ins Ausland zu schicken. Und die europäischen Staaten zeigten sich mit Rücksicht auf das noch immer nicht restlos geklärte Souveränitätsverhältnis mit dem Sultan sehr zurückhaltend. Immer mehr europäische Länder ließen sich jedoch mit der Zeit in Tunis durch Konsuln vertreten. Was den Bey einerseits erfreute, bestätigte jeder Konsul seinen Status als Defacto-Landesherr. Andererseits maßten sich die Konsuln in Tunis – und anderen Teilen des ottomanischen Reichs – Befugnisse an, wie den Schutz ihrer jeweiligen Staatsbürger, welche von den einheimischen Machthabern als Einmischung in innere Angelegenheiten aufgefasst werden konnte.

Doch dann brach die Französische Revolution aus und mit einem Mal waren alle traditionellen Regeln infrage gestellt.

5. Kapitel

Der lange Schatten Napoleons

1798 griff die Französische Revolution, die sich bisher auf West- und Mitteleuropa beschränkt hatte, auf den nordafrikanischen Kontinent über. In diesem Jahr lief eine französische Flotte unter dem Kommando des Generals Napoleon Bonaparte vom Mittelmeerhafen Toulon mit geheimem Ziel aus. Napoleon war zu jenem Zeitpunkt kein Unbekannter mehr. Er hatte seine militärischen Sporen bei der Eroberung des von den Briten kurzfristig besetzten Toulon und danach bei der Vertreibung der österreichischen Armee aus Norditalien erworben. Die Koalition seiner Gegner erwartete, dass sich die Operation wie zur Zeit Karls V. gegen das am nächsten liegende Tunis richten würde. Die Briten sandten eine Flotte unter Admiral Nelson ins Mittelmeer, um den Franzosen den Weg abzuschneiden. Napoleon schien vorerst diese Annahme zu bestärken, als er auf dem Weg die seit dem 15. Jahrhundert vom Johanniter-Orden okkupierte Insel Malta eroberte. Dann aber legte er seine wahren Pläne offen. Er segelte nicht nach Tunesien, sondern direkt nach Osten in

Richtung Ägypten und entkam so der Flotte Nelsons. Sein tatsächliches, geradezu gigantisches Ziel war es, den Briten den Weg nach Indien – der Perle ihres Imperiums – abzuschneiden.

Die Insel Malta wurde von den Briten rasch zurückerobert und auch Napoleons ägyptischer Feldzug endete für die Franzosen mit einem Desaster. Als Nelson die französische Flotte vor Abukir in einem genialen Manöver vernichtet hatte und der Vorstoß des Korsen, nach anfänglichen Erfolgen, vor der Festung Akko in Nordpalästina zum Stillstand gekommen war, erkannte Napoleon, dass die ganze Operation gescheitert war. Bei Nacht und Nebel ließ er seine Armee in aussichtsloser Lage in Ägypten zurück und bestieg ein Schiff nach Frankreich. Dort machte er sich in einem Staatsstreich praktisch zum Diktator, ohne einen Gedanken an seine Soldaten im Orient zu verschwenden, von denen nur wenige ihre Heimat je wieder sahen.

In Tunesien hatte die Eroberung von Malta große Aufregung ausgelöst, die sich jedoch legte, als die Flotte des Korsen einen anderen Kurs einschlug. So blieb in Tunis alles beim Alten, während in Ägypten, nach dem Debakel der Franzosen, ein albanischer Söldner Namens Mohammed Ali das Kommando übernahm und die Beys der Mamelucken bei einem Gastmahl ermorden ließ. Die Tunesier befürchteten, Mohammed Ali würde gegen Tunesien ziehen, doch dessen Ambitionen lagen in Syrien und dem Sudan. Als er sich auch noch gegen den Sultan in Konstantinopel wandte, wurde er von einer europäischen

Koalition in die Schranken gewiesen. Die Maghrebstaaten hatten nichts mehr zu befürchten, aber das Regime der einheimischen Dynastien war durch das Interesse, welches die napoleonischen Kriege in der Region erweckt hatten, in ihrem geruhsamen Leben gründlich gestört. In erster Linie neuerlich durch die Franzosen.

In Paris saß nach dem Sturz Napoleons wieder ein Bourbone, Louis XVIII. (der Bruder des hingerichteten Louis XVI.), auf einem wackligen Thron. Bei der Wiedereinsetzung der Bourbonen hatten die Besieger Napoleons keinen Moment lang die echten Wünsche der Franzosen berücksichtigt. Louis war bei seinen Untertanen nie beliebt gewesen, ebenso wenig wie sein ultrareaktionärer Bruder und Nachfolger Charles X. Beide versuchten dieses Manko durch außenpolitische Erfolge wettzumachen. Einen Anlass für eine Intervention bot alsbald ein geradezu läppischer Zwischenfall. Der Dey von Algier, ein treuer Vasall des fernen Sultans, wurde vom impertinenten französischen Konsul Deval so sehr provoziert, dass er diesem mit seinem Fliegenwedel über das Gesicht schlug. Das war 1827. Die französische Regierung forderte unterwürfige Satisfaktion und als diese sowohl vom Dey als auch vom Sultan abgelehnt wurde, sah sie darin einen Casus Belli. Zuerst versuchte Paris, Mohammed Ali zu einer Strafaktion gegen Algier zu motivieren. Als dies misslang, beschloss Paris, den Dey selbst zu »bestrafen«.

Im Juni 1830 segelte eine Armada von 1000 Kriegsschiffen, begleitet von 500 Transportern mit insgesamt 130 000 Mann, von Marseille gegen Algier. Der Dey bat Tunesien, Marokko und den Sultan sowie Großbritannien um Hilfe, doch diese konnten oder wollten nichts für ihn tun. Selbst die kleine algerische Armee hatte keine Lust, für den türkischen Sultan zu verbluten. So konnten die Franzosen schon am 4. Juli Algier erobern und bald darauf auch Oran. Damit schien der Feldzug gelaufen, und der Dey wurde formlos nach Konstantinopel expediert.

Das französische Regime wurde vorerst von den Algeriern widerstandslos akzeptiert, in der Annahme, auf das korrupte türkische Regiment könne nur ein besseres folgen. Inzwischen war der autokratische Charles gestürzt und durch den »Bürgerkönig« Louis Philippe aus der Nebenlinie Orléans ersetzt worden. Die neue Regierung hatte ebenso wenig Interesse an geordneten Verhältnissen in Algerien wie die vorangegangene. Sie sandte eine Reihe von Gouverneuren in das besetzte Gebiet, von denen einer unfähiger war als der nächste. Es war nur eine Frage der Zeit, wann eine Rebellion ausbrechen würde. Das geschah, als die Unzufriedenen in Abd el Kader, dem Emir von Mascara im Westen des Landes, einen äußerst fähigen und charismatischen Führer fanden. Innerhalb kurzer Zeit vertrieben die Aufständischen die französischen Garnisonen aus dem Inneren Westalgeriens. Sogar Oran, die zweitgrößte Stadt des Landes, geriet in Bedrängnis. Ein französischer General nach dem anderen versuchte Abd el Kader zu stellen, doch der Emir verstrickte sie alle in ein blutiges Katz-und-Maus-Spiel.

Es ginge zu weit, hier den Verlauf des »ersten Algerienkriegs« eingehend zu schildern, obwohl dieser auch die Zukunft Tunesiens beeinflusste. Letztlich musste Abd el Kader, der noch heute als nordafrikanischer Nationalheld gefeiert wird, der Übermacht Tribut zollen. Inzwischen war in Frankreich Louis Napoleon (der spätere Napoleon III.) an die Macht gekommen und offerierte dem Emir eine ehrenvolle Kapitulation. Dieser akzeptierte und wurde nach einer kurzen Internierung nach Frankreich gebracht, wo man ihn wie einen Helden begrüßte. Danach ging er nach Damaskus ins Exil.

An dieser Stelle sei eine »Fußnote« am Platz: In Damaskus war es 1830 zu blutigen Christenverfolgungen gekommen. Abd el Kader gewährte den Flüchtlingen in seinem Palast Zuflucht, während seine Leibgarde den Mob zerstreute. Das sollte sein heldenhafter Abgang sein. Die französische Regierung hatte aus dem Aufstand in Algerien nichts gelernt. Um künftigen Erhebungen einen Riegel vorzuschieben, wurde das Land zu einem Departement des Mutterlandes gemacht. Die Rechnung dafür sollte Frankreich nach einem Jahrhundert mit Zinsen präsentiert werden.

So weitsichtig war damals indes kein europäischer Politiker. Und Paris ging es nur darum, seinen nordafrikanischen Besitz »abzurunden«. Weshalb das nächste Opfer, Tunesien, natürlich bereits feststand. Wobei die französische Regierung überdies unter Zeitdruck stand, um allfälligen italienischen Ambitionen in der Region, in der sich Rom bisher nicht hatte etablieren können, zuvorzukommen.

Die stufenweise Machtübernahme Frankreichs in Tunesien begann mit der wirtschaftlichen Durchdringung des Landes. Schon unter Napoleon III. hatte sich Paris durch eine Reihe von Handelsabkommen eine Sonderstellung in Tunesien geschaffen. Gleichzeitig zwang Frankreich den Bey, die Souveränitätsrechte des Sultans einzuschränken. Im folgenden Vertrag mit der III. Republik – bereits nach Napoleons Sturz – musste der Bey den Franzosen politische Vorrechte einräumen.

Inzwischen kamen auch weltpolitische Ereignisse ins Spiel. Die Errichtung des Sueskanals veränderte die Verhältnisse im Mittelmeerraum. Als Finanzier des Projekts hatte Paris vorerst die Nase in Ägypten vorn, doch als es dem britischen Premier Benjamin Disraeli gelang, die Sueskanal-Akten des durch seine Verschwendungssucht Pleite gegangenen ägyptischen Vizekönigs Ismail schlagartig zu erwerben, war Großbritanniens Vorherrschaft in Ägypten gefestigt.

Frankreich verfolgte eine ähnliche Politik in Tunesien. Es ermutigte den Bey – ähnlich wie es die Briten mit Vizekönig Ismail getan hatten –, sein Geld für Luxusprojekte zu verschwenden. Bis auch er bankrott war. Frankreich hätte nun sofort eingreifen können, aber die europäischen Kriege zwischen 1859 und 1870 verschafften dem Land eine Gnadenfrist. – Man hätte glauben können, das Debakel im Krieg gegen Deutschland hätte Frankreichs militärische Ambitionen gedämpft, aber genau das Gegenteil war der Fall. Jetzt erst recht musste ein leichter Sieg den Pessimismus der Franzosen beenden. Mit Großbritannien hatte Frankreich seine Interessensphären abgegrenzt. Der Maghreb sollte Frankreich überlassen werden. Nur der deutsche Reichskanzler Otto von Bismarck, der Sieger von 1870, hätte die Franzosen bremsen können, aber er tat nichts dergleichen. Vielleicht war es ihm sogar recht, Paris' Revanchegelüste weg von Elsass-Lothringen in Richtung Tunis abzulenken.

Die III. Republik stand von Anfang an auf schwachen Beinen. Schon ihre Geburt stand unter einem Unstern. Unmittelbar ausgelöst durch die vernichtende Niederlage und die Gefangennahme von Napoleon III. in der Schlacht bei Sedan, folgte dessen Absetzung durch die Nationalversammlung (1871). Zunächst kamen die Kommunarden – eine Art »Vorkommunisten« – in Paris an die Macht. Der erste Präsident, der Liberale Adolphe Thiers, musste einen demütigenden Frieden mit dem im Spiegelsaal von Versailles ausgerufenen Deutschen Reich unterzeichnen und die Kommune mit Truppen, die bereits Napoleon III. gedient hatten, unterdrücken. Schon nach zwei Jahren brachte ihn eine Koalition von Monarchisten und Klerikalen in der Nationalversammlung zu Fall.

Sein Nachfolger, der aus Schottland stammende Marschall Maurice Macmahon, konnte nur mit Abstrich aller Taxen als Republikaner bezeichnet werden. In der breiten Öffentlichkeit war er noch unbeliebter als sein Vorgänger. Er trug die unmittelbare

Verantwortung für die Niederlage bei Sedan und – mehr noch als Thiers – für die besondere Brutalität bei der Abrechnung mit den Kommunarden. Da half es ihm kaum, dass er immer wieder auf seinen Beitrag beim Sieg über die Österreicher in der Schlacht von Magenta (1859) pochte, den ihm der unfähige habsburgische General Ferenc Gyulai sozusagen auf einem silbernen Tablett ins Haus geliefert hatte. Diese Großtat lag mehr als ein Jahrzehnt zurück. 1879 wurde Macmahon wegen seiner offenen Parteinahme für die Monarchisten von der inzwischen entstandenen republikanischen Mehrheit im Parlament gestürzt. Sein Nachfolger François Grevy benötigte dringend einen raschen Sieg und grub daher die alten Pläne für die Besetzung Tunesiens aus der Schublade aus.

1881 war es so weit und ein Vorwand war rasch gefunden: Die Anarchie in Tunesien gefährde die Sicherheit im benachbarten, noch immer nicht restlos befriedeten Algerien und mache den Einmarsch französischer Truppen notwendig. Zugegeben, das Regime des Beys Mohammed Sadok war einigermaßen abgenutzt, aber von offenem Aufruhr konnte keine Rede sein. In diesem Zusammenhang lohnt es sich darauf hinzuweisen, dass 1938 Adolf Hitler genau denselben Vorwand benützte, um in Österreich einzumarschieren: um das »Chaos im Nachbarland« zu beenden. Und auch das war nicht das letzte Mal in der Geschichte.

Zurück nach Tunesien. Sadok Bey war kein tunesischer Abd el Kader und er war pleite. Seine Armee war klein und schlecht ausgerüstet. Sie gab keinen Schuss auf die Invasoren ab. Nur in Südtunesien, in der Gegend von Gabes und Sfax, widersetzten sich die Stämme. Mit ihren Vorderladern konnten sie natürlich gegen eine reguläre Armee, die sich notabene neu bewähren wollte, nichts ausrichten. Im *Vertrag von Bardo*, benannt nach einem der Paläste des Regenten – der heute die schönste Mosaikensammlung der Welt beherbergt –, unterstellte er sein Land dem »Schutz« der französischen Republik in der Form eines Protektorats. Natürlich verurteilt das heutige Tunis die Unterwürfigkeit des Bey, Historiker konzedieren ihm allerdings, dass er keine Wahl hatte. Hätten die Franzosen nicht interveniert, so wäre es möglicherweise zu einer Einmischung des italienischen Königreichs gekommen, das nach weiteren »unbefreiten« Gebieten – wie etwa Südtirol oder Triest – Ausschau hielt.

Die Franzosen hatten ihrerseits guten Grund, sich mit dem Status eines »Protektors« zufrieden zu geben. Seitdem Algerien den Status eines französischen Departements erhalten hatte, galt dort die republikanische Verfassung des Mutterlandes. Das heißt, in diesem Gebiet mussten, wie im kontinentalen Frankreich, Parlamentswahlen abgehalten werden. Natürlich wurde die einheimische Bevölkerung vom Wahlrecht weitestgehend ausgeschlossen, das nur für französische Bürger und eingebürgerte europäische Siedler galt. Dennoch »rutschte« bei jedem Wahlgang der eine oder andere aufmüpfige Kandidat durch die diskriminierenden Maschen des Gesetzes und konnte sich in der Nationalversammlung quasi als Sprachrohr der eingeborenen Algerier etablieren und die Missstände im Departement anprangern. Genau das sollte durch das indirekte Regime in Tunesien vermieden werden.

So betrachtet, war der Protektoratsvertrag von Bardo geradezu das Musterbeispiel eines faulen Kompromisses, sei es um das Gesicht des Beys oder der französischen Demokratie zu wahren. Der Bey behielt zwar – pro forma – seine Position als Staatsoberhaupt, einige seiner Paläste und durfte sich bei öffentlichen Anlässen von seinen Untertanen die Hände küssen lassen. Die wahre Macht lag jedoch in den Händen des jeweiligen französischen »Residenten«, ein Posten, der von der Pariser Regierung eigens für Tunesien geschaffen worden war. Wobei die französischen »Beschützer« ihre Machtbefugnisse auch auf alle lokalen Behörden ausdehnen konnten. Den sechs »Wesiren« des Beys wurden französische »Generalsekretäre« mit Vetovollmacht zur Seite gestellt. Ebenso den Provinzgouverneuren. Jeder »Kaid« (Bezirkshauptmann) erhielt einen »zivilen Sekretär« als »Berater«. Nur der Süden des Landes, wo man noch immer kämpferische Stammeskrieger vermutete, wurde direkt einem französischen Militärgouverneur unterstellt.

Dennoch meint Mohammed Lutfi Chaibi, der Historiker der tunesischen nationalen Bewegung: »Der Vertrag von Bardo wurde, von den Autoren ungewollt, zur Geburtszelle des einheimischen Widerstandes, indem er die Möglichkeit einräumte, natio-

Ein Beispiel aus der schönsten Mosaiksammlung der Welt, zu finden im Museum von Bardo.

nale Kader quasi legal zu bilden.« Die französische Intervention hatte nämlich – ungewollt – für die tunesische Bevölkerung eine positive Wirkung. Die Einführung des französischen Code civil führte zur Errichtung staatlicher Volks- und Mittelschulen, deren Lehrplan ohne Rücksicht auf lokale Gegebenheiten dem französischen System angeglichen wurde. Übrigens mit einigen skurril anmutenden Auswüchsen. So etwa rezitierten tunesische Schüler gewisse aus Büchern entnommene Sätze wie »... unsere Vorfahren die Gallier«. »Vandalen« wäre vielleicht sinnvoller gewesen. Diese waren zumindest einmal in Nordafrika! Politischer Unterricht war natürlich ein Tabu, es sei denn zu Ehren der edlen Protektoren, die dem Land die Zivilisation und die Vorteile der französischen Kultur gebracht hatten. Dennoch konnte eine beschränkte Anzahl ambitionierter einheimischer Gymnasiasten die Schule mit einem Bakkalaureat (vergleichbar mit einem deutschen Abitur oder einer österreichischen Matura, nicht aber dem anglo-amerikanischen »Bachelor«-Titel) beenden. Dieses ermöglichte ihnen den Zugang zu französischen Universitäten, was naturgemäß mit extrem hohen Kosten und einem lokalen Leumundszeugnis verbunden war. So kamen die Auserwählten auf den Hochschulen letztlich in Kontakt mit dem freien – und nicht von der Regierung kontrollierten – universitären Geist. Und die Behörden konnten nicht verhindern, dass die bevorzugten Auslandsstudenten mit politischen Emigranten aus ihrer Heimat in Kontakt kamen. So bildete sich unter

Ein typischer Antiquitätenladen im heutigen Mahdia

den Auslandsstudenten das Rückgrat der ersten politischen Opposition Tunesiens.

In diesem Zusammenhang sei, der Fairness halber gegenüber den Franzosen, zu bemerken, dass die neue Verwaltung tunesischen Frauen und Mädchen erstmals einen sehr engen Spalt zu jenem Bildungsstandard öffnete, den sie heute im unabhängigen Tunesien besitzen. Wenngleich viele Probleme ungelöst blieben. Der Vertrag von Bardo förderte darüber hinaus die christliche Mission im Land, ein Vorgang, der natürlich Opposition auslöste. Doch davon wird später noch die Rede sein.

6. *Kapitel*

Geburtsstunde des Widerstandes

Der erste Widerstand gegen das Protektoratsregime entwickelte sich nicht in Tunis selbst oder den größeren Städten, sondern unter den tunesischen Stämmen in den von den französischen Truppen direkt verwalteten südlichen Provinzen des Landes. Da es den Militärs nicht gelang, die äußerst mobilen Rebellen bei ihren »Hit and Run«-Operationen zu stellen, richteten sich ihre Repressalien gegen die Zivilbevölkerung. Zwischen 1881 und 1892 flohen etwa 130 000 Stammesangehörige in das letzte noch unter ottomanischer Verwaltung stehende nordafrikanische Gebiet, nämlich Libyen.

Es war jedoch nur eine Frage der Zeit, bis sich Widerstandsgruppen im Kernland Tunesien sammeln würden. Die erste organisierte Oppositionsgruppe, die 1907 an die Öffentlichkeit trat, war die Bewegung »Junges Tunesien«, die sich hauptsächlich auf Absolventen lokaler und französischsprachiger höherer Schulen stützte. Im gleichen Jahr gründeten die »Jungen Tunesier« eine eigene Zeitschrift, bezeichnenderweise in französischer Sprache, der im folgenden Jahr eine arabische Ausgabe folgte. Die Ziele der Gruppe waren offiziell als »kulturell« deklariert, doch wandten sich die Initiatoren sehr bald in kritischer Form der Forderung nach einer Reform des Erziehungs- und Bildungssystems mit einer betont nationalen Komponente zu. Dennoch dauerte es vier Jahre, bis die in Sousse erscheinende »Maghreb Revue« das Postulat nach einer unabhängigen Verwaltung zum wichtigsten Programmpunkt erhob.

Die französische Verwaltung versuchte, dem Druck von unten durch verstärkte Einwanderung europäischer Siedler entgegenzuwirken. Allerdings stießen sie dabei im Mutterland auf ein relativ geringes Echo. Potenzielle französische Colons gingen lieber in das im nationalen Verband der Republik integrierte Algerien, in dem sich bereits eine größere französische Gemeinde mit festgeschriebenen Vorrechten etabliert hatte. So war die Regierung gezwungen, die Tore Tunesiens für Einwanderer aus Italien, vornehmlich dem verarmten Süden und Sizilien, zu öffnen. Genau das hatte man bei der Gründung des Protektorats vermeiden wollen, notabene, da sich das italienische Königreich formell mit Frankreichs europäischen Gegnern – Österreich-Ungarn und dem Deutschen Reich – in einem Dreibund verbündet hatte. Doch nun lagen die Karten anders verteilt und Paris vermutete, dass es die Italiener mit ihren Bündnisverpflichtungen gegenüber dem »Erzfeind« Österreich nicht so genau nehmen würden. Was sich 1915 auch bewahrheiten sollte. Doch so weit hatte sich die Situation im nordafrikanischen Raum noch nicht entwickelt. Jedenfalls war Paris bestrebt, nach den Erfahrungen der letzten Kriege außenpolitische Differenzen mit anderen europäischen Mächten in Nordafrika zu vermeiden. Vorbedingung war das Abgrenzen von Einflusszonen, wobei niemand an die »eingeborenen« Völker dachte. Mit den Briten hatte man sich nach schwer wiegenden Differenzen in Ägypten und dem Sudan so weit geeinigt, dass London im Maghreb keine Forderungen stellen würde. Obwohl niemand dies zugab, hatte man Libyen bereits den Italienern überlassen. Blieb somit nur Marokko, Nachbar des französischen Algerien. Dort trat den Franzosen unvermittelt der unberechenbare deutsche Kaiser Wilhelm II. entgegen, der 1890 Kanzler Bismarck mehr oder weniger in Ungnade entlassen hatte. Wilhelm sandte sogar ein Kriegsschiff in marokkanische Gewässer und eine Zeit lang drohte ein neuer deutsch-französischer Krieg, der im letzten Augenblick vermieden wurde. Frankreich erhielt grünes Licht für Marokko, Wilhelm II. wurde durch ein Stück Westafrika entschädigt.

Der Erfolg der Franzosen ließ die Italiener nicht ruhen. Sie fielen in Libyen ein, wohl wissend, dass die Türkei, die gerade in die Balkankriege verwickelt war, keinen Widerstand würde leisten können. Damit war ganz Nordafrika von den Säulen des Herkules bis zum Sueskanal in den Händen europäischer Kolonialmächte. Auf die Gefühle der Nordafrikaner nahm niemand Rücksicht.

Befriedet waren die besetzten Gebiete allerdings noch lange nicht. Und die nächste Runde im Machtkampf um Nordafrika ließ nicht lange auf sich warten. Mit dem Ausbruch des Ersten Weltkriegs wurden auch die Karten in Nordafrika neu gemischt. Erstmals kam dabei eine religiöse Komponente ins Spiel. In seiner Funktion als Kalif und Verbündeter der Mittelmächte rief Sultan Mohammed VI. die Moslems in Konstantinopel weltweit zum »Dschihad« (Heiligen Krieg) gegen die ungläubigen Briten und Franzosen auf. Eine substanzielle politische oder militärische Reaktion auf den Appell an die islamischen Gläubigen blieb jedoch weitgehend aus. Britische und französische Kriegsschiffe kontrollierten das Mittelmeer und machten es ihren Gegnern unmöglich, oppositionelle Kräfte in Nordafrika mit Waffen zu versorgen. Nur in Libyen trieben Angehörige der Senussi-Sekte die Italiener in das Küstengebiet zurück. So seltsam es klingen mag, kriegerische Moslems aus dem Maghreb eilten in großer Zahl zu den Rekrutierungsbüros der französischen Armee und vergossen ihr Blut auf den europäischen Schlachtfeldern. Dabei scheint es unwahrscheinlich, dass sich die Nordafrikaner von den Versprechungen der Ententemächte, ihnen »nach dem Krieg« die Freiheit zu gewähren, hinter das Licht führen ließen. Vielleicht war die Versuchung, endlich moderne Waffen zu tragen und zu benützen, ein entscheidendes Element.

Obwohl sie nicht unmittelbar oder im eigenen Auftrag an den Ereignissen des Ersten Weltkriegs beteiligt waren, verfolgten die Völker Nordafrikas, besonders aber die politisch am weitesten fortgeschrittenen Intellektuellen Tunesiens, sehr genau die politischen Vorgänge. Die russische Revolution hinterließ einen starken Eindruck, nicht zuletzt aufgrund des Aufrufs der Bolschewisten zur Befreiung der Kolonialvölker. Auch die Verkündung der berühmten 14 Punkte des amerikanischen Präsidenten Woodrow Wilson als Grundlage einer Nachkriegsordnung wurde von den Oppositionellen in den nordafrikanischen Ländern als eine Verpflichtung der Großmacht Amerika und für bare Münze genommen.

Umso enttäuschter reagierten die kulturell fortgeschrittenen Kolonialvölker, nicht zuletzt jene in Tunesien, aber auch in Ägypten, als die siegreichen Nationen um keinen Deut von ihrer Expansionspolitik abgingen. Keine einzige Kolonie wurde in die Unabhängigkeit entlassen. Ganz im Gegenteil: Ausschließlich von Moslems bewohnte Provinzen an der Peripherie des ottomanischen Reiches wurden vorerst unter den Kolonialmächten aufgeteilt. Entsprechend groß war auch die Enttäuschung unter den gegängelten Völkern. Bei der Planung der neuen Ordnung – vertreten durch die Friedensverträge von Versailles, St. Germain, Sèvres und Neuilly – hatten sic kein Wort mitzureden. Lediglich der Vertrag von Lausanne, erzwungen durch die Auflehnung der türkischen Republik, zeigte den Zukurzgekommenen, dass nicht jedes Diktat unverändert angenommen werden musste.

Gerade für die Oppositionellen in Tunesien bewies dies – dank ihrer langen Assoziation mit der Türkei –, dass das letzte Wort noch nicht gesprochen war. Was den »Jungen Tunesiern« jedoch fehlte, war eine profilierte und charismatische Führerpersönlichkeit, die die divergierenden Richtungen in ihrer Person vereinigen konnte. Diese Rolle übernahm schließlich der Rechtsanwalt Habib Bourgiba, der 1927 mit seiner Frau, einer gebürtigen Französin, und einem französischen Uni-Abschlussdokument in seine Heimat zurückgekehrt war. Bourgiba typisierte jene Intellektuellen, die es in den unmittelbaren Nachkriegsjahren verstanden hatten, jene Konzessionen, welche die Republik Frankreich im Namen der Ideale der großen Revolution mehr oder weniger halbherzig ihren nordafrikanischen Untertanen gewährt hatte, zugunsten dieser Untertanen und gar nicht entsprechend der Intentionen ihrer Initiatoren zu nutzen. Bourgiba, eigentlich »Provinzler« aus Monastir, war als Journalist und Herausgeber der »Voix de Tunis« aktiv, einer Zeitschrift mit eindeutig politischer Zielsetzung. Als die Zeitschrift von den Behörden verboten wurde, gründete er sofort ein neues Organ, das sich »Action Tunisienne« nannte und 1934 ebenfalls verboten wurde. Bourgiba wurde vorerst nicht eingekerkert, sondern im wahrsten Sinn des Wortes in die Wüste verbannt.

Die seit Ende 1929 einsetzende Weltwirtschaftkrise wirkte sich auch für Tunesien negativ aus. Der Ärger der Bevölkerung wurde durch eine ausgesprochen ungeschickte Politik der Protektoratsregierung noch verstärkt. 1931 sollte der 50. Geburtstag der Einführung des Protektorats, an den die Bevölkerung gar nicht gerne erinnert wurde, mit großem Pomp gefeiert werden. Die Kosten sollten ausschließlich aus den Steuern der Tunesier finanziert werden! Auch der ein Jahr zuvor in Tunis abgehaltene Eucharistische Kongress der Katholischen Kirche hatte wegen seiner missionarischen Tendenz scharfe Kritik vonseiten der sonst so toleranten moslemischen Bevölkerungsmehrheit (knapp 99 Prozent) hervorgerufen.

Diese Kritik hatte aber die halb-legale Opposition nicht geeint. In der Parteizentrale der bei weitem größten politischen Bewegung, der Destour-(Verfassungs-)Partei, hing der Haussegen deutlich schief. Interne Kritiker beklagten, die Partei benehme sich zu intellektuell und kümmere sich zu wenig um die Bedürfnisse der armen und ländlichen Bevölkerung.

Schließlich kam es zu einer offenen Spaltung. Beim Nationalkongress der Partei wurde die Gruppe um Habib Bourgiba als einzige legitime Führung anerkannt und eine neue Bewegung unter dem Namen Neo-Destour-Partei sozusagen aus der Taufe gehoben, wenn man diese Formulierung in einem moslemischen Land benutzen kann. Die überrundete Minderheit wollte auf die Bezeichnung »Destour« nicht verzichten und nannte sich künftig »Vieux Destour-Partei«, spielte aber in den folgenden Jahren eine immer bedeutungslosere Rolle. Doch sie gab den Kampf nicht auf und die Spannungen verschärften sich, als Bourgiba das Angebot der in Paris an die Macht gekommenen Volksfrontregierung unter dem Sozialisten Leon Blum zu einem politischen Dialog annahm. Für die alten Ultras war dies schlechthin Verrat. Dieser erste, an sich Erfolg versprechende Versuch, durch einen Dialog zu einem Modus vivendi zu gelangen, scheiterte jedoch, als die Regierung Blum Anfang 1938 gestürzt wurde und die nachfolgenden Kabinette keine Konzessionsbereitschaft mehr an den Tag legten. Bis der Ausbruch des Zweiten Weltkriegs eine völlig veränderte Situation schuf, von der auch Tunesien alsbald betroffen wurde.

Die Protektoratsverwaltung in Tunis entschied sich während der ersten sechs, an der Westfront ereignislosen Kriegsmonate, der Zeit der so genannten »Drôle de guerre«, für eine einfallslose Politik. Sie setzte ganz einfach die gesamte Führung der Nationalisten hinter Schloss und Riegel. Die Profiliertesten unter ihnen, darunter Habib Bourgiba, wurden aus dem Land verbannt und im Fort St. Nicholas in Marseille interniert. Die totale Niederlage Frankreichs im zweiten Kriegsjahr brachte wiederum neue Machtverhältnisse: im Mutterland wie in Tunis. Bourgiba wurde aus seiner Festungshaft befreit, paradoxerweise durch den deutschen Funktionär Klaus Barbie, dem späteren Kriegsverbrecher. Sofort versuchten sowohl Deutsche als auch die eben in den Krieg eingetretenen Italiener, den Führer der Neo-Destour-Partei für ihre eigenen Kriegsziele zu gewinnen, wobei zwischen Hitler und Mussolini keineswegs Einigkeit herrschte. Das faschistische Italien zählte Tunis neben Nizza und Korsika zum ureigensten Lebensraum, während Hitler die »französische Beute« als einen Teil der neuen europäischen Ordnung betrachtete. An Tunis hatte er kein Interesse. In Afrika zu intervenieren, wurde Hitler erst durch das Debakel seiner Verbündeten gezwungen.

Bourgiba hatte sich inzwischen zu einem mit allen politischen Wassern gewaschenen Staatsmann entwickelt. Zwar dachte er nicht daran, sich an den einen oder anderen Achsenführer zu binden, er war jedoch bereit, mit allen Mitteln die einmalige Gunst der Stunde zu nutzen. Über Italien wurde er zurück nach Tunis gebracht und als Ministerpräsident installiert. Über den künftigen Status von Tunesien wurde nichts entschieden.

Alsbald übernahmen deutsche militärische und zivile Funktionäre de facto die Kontrolle über die tunesische Regierung. Sie sollten wenig Freude an ihrem »Protegé« haben. So lehnte dieser, aber auch der Bey, die deutsche Forderung ab, in Tunesien die judenfeindlichen Gesetze der Achsenmächte einzuführen. Bourgiba fiel es umso leichter, diese Obstruktionspolitik beizubehalten, als er erkannte, dass der deutsche Oberkommandierende, Feldmarschall Erwin Rommel, nicht geneigt war, die menschenverachtenden Befehle Hitlers in die Tat umzusetzen. So blieb den tunesischen Juden die Verfolgung erspart, welcher diese Religionsgemeinschaft in anderen Gebieten unter deutscher Besatzung ausgesetzt war. Auch der Bey unterstützte in diesem Fall die Einstellung Bourgibas. Als er während einer Fahrt durch die Provinz bemerkte, dass ein Repräsentant der Gestapo eine lokale jüdische Gemeinde gezwungen hatte, den »gelben Stern« anzulegen, befahl er den Opfern, die Anweisung zu ignorieren, mit den Worten, »Ihr seid alle meine Kinder«.

Bourgibas erste Amtszeit als nomineller Regierungschef Tunesiens blieb kurz bemessen. Als die Amerikaner 1942 in Algerien landeten, während gleichzeitig die britische 8. Armee von Ägypten aus im dritten Anlauf Libyen besetzte, geriet Tunesien erstmals ins direkte Kriegsgeschehen. Die Kämpfe auf tunesischem Boden waren die schwersten in Nordafrika. Das deutsche Afrika-Korps kämpfte verbissen mit dem Rücken zum Meer um jeden Kilometer Boden. Nach der deutschen Kapitulation in Afrika nannten Kriegskorrespondenten Südtunesien »die Blechwüste« wegen der hunderten ausgebrannten Tanks und anderen Fahrzeuge.

Der totale Sieg der Alliierten in Nordafrika brachte Habib Bourgiba in Bedrängnis. Er hatte ohne Schaden an Körper und Seele die akute Kriegsphase überstanden. Noch während der Kämpfe hatte er zu den Amerikanern wie auch zum lokalen französischen Kommandanten Kontakt aufgenommen. Für die Araber strahlte er als Held, aber gegenüber den »Freien Franzosen« hatte er einen gewissen Erklärungsbedarf, weshalb er in den regierungstreuen Medien als »Kollaborateur« abgestempelt worden war. Er wusste wenig über die persönliche Einstellung General Charles de Gaulles gegenüber seiner Person, der sich nun als eindeutiger Führer unter den rivalisierenden französischen Generälen etabliert hatte. So zog er es vor, unmittelbar nach Ende der Kampfhandlungen sicherheitshalber in Tunesien in den Untergrund zu gehen. Dies war ein kluger Schachzug, denn unter den Alliierten war bezüglich der künftigen Verwaltung ein heftiger Streit ausgebrochen. Zum Glück für Bourgiba setzte sich der amerikanische Konsul energisch für ihn ein, wofür dieser von den französischen Behörden kritisiert wurde. Es sollte nicht der letzte Streit zwischen Amerikanern und Gaullisten gewesen sein. Schließlich kamen der Konsul und der neu ernannte französische Resident überein, Bourgiba in Freiheit zu lassen, ihn aber unter Beobachtung zu stellen. Den Franzosen, die lieber alles beim Alten gelassen hätten, trat plötzlich ein neuer Widersacher gegenüber: Der alte Bey Sidi Moncef, der sich bislang aus der Politik herausgehalten und nie mit den Deutschen kollaboriert hatte, widersetzte sich öffentlich der neuerlichen Bevormundung durch die Franzosen. Der Resident reagierte darauf ebenso stur, wie es sein Vorgänger getan hatte. 1944 setzte er den Bey ab und zerstörte damit das letzte Element der Legalität in Tunesien, welches alle Umwälzungen überlebt hatte. Mit einem Mal wurde der Bey zu einem Nationalhelden – und einem Rivalen sowohl für den Residenten als auch für Habib Bourgiba. Eine ganze Reihe angesehener tunesischer Notabeln, die Bourgiba nie richtig getraut hatten, scharte sich um das nominelle Staatsoberhaupt und etablierte sich als politische Kraft unter dem Namen *Moncefisten*.

Der Chronist der Nationalbewegung, Lutfi Chaibi, der keineswegs zu den Traditionalisten zählt, meint dessen ungeachtet, die Bewegung unter der Führung Moncef Beys hätte durchaus den Führungsanspruch Bourgibas und der Neo-Destour-Partei gefährden können. Die Konfrontation blieb jedoch aus, weil der

Bey kurz darauf starb. Sein Nachfolger, von den Franzosen installiert, galt von Anfang an als Marionette des Residenten und konnte Bourgibas Primat nicht gefährden.

Erstaunlicherweise hatten die Franzosen aus dieser Entwicklung nichts gelernt. Sie setzten Sultan Mohammed V. in Marokko ab und schickten ihn ins Exil. Sein von den Franzosen und dem ultrakonservativen Pascha von Marrakesch nominierter Nachfolger fand keinerlei Rückhalt in der Bevölkerung. Nach einigen Jahren wurde König Mohammed zurückgerufen und als erster Herrscher des unabhängigen Marokko auf den Thron gesetzt. Habib Bourgiba erläuterte später dem araberfreundlichen britischen Ex-Minister Anthony Nutting den Unterschied zwischen der britischen und französischen Kolonialpolitik im arabischen Raum: *»Die Briten sind ein Volk von Händlern, die eher Märkte als Kolonien suchen. Dagegen musste bei den Franzosen jede Kaserne, jedes Postamt, jedes Geschäft Staatsbesitz sein, über dem die Tricolore wehte. Die Franzosen erinnern an Bauern, die sich um jeden Preis an ihren Besitz klammern.«*

An dieses Schema klammerten sich auch die allesamt schwachen Regierungen der IV. Republik, als hätte es keinen Zweiten Weltkrieg gegeben. Die einzige Antwort auf die nationalistische Agitation in Tunesien blieb verstärkte militärische und politische Unterdrückung. Dass dieser ideenlose Kurs immerhin jahrelang verfolgt werden konnte, hing mit den Spaltungstendenzen zusammen, die just zu diesem Zeitpunkt innerhalb der Neo-Destour-Partei aufgetreten waren. Erstmals seit dem Tod Moncef Beys war Bourgiba im neu gewählten Generalsekretär der Oppositionspartei, Salah Ben Youssef, ein ernst zu nehmender Rivale erwachsen. Im Gegensatz zum »Volkstribunen« Bourgiba stützte sich Ben Youssef auf die tunesische Gewerkschaftsbewegung, die neben der Partei in den Reihen des städtischen Proletariats entstanden war. Sowohl Bourgiba als auch Ben Youssef versuchten, einander in der nationalistischen Rhetorik zu übertreffen. Was die beiden jedoch dramatisch trennte, war die Wahl des Wegs, den das Land auf seinem Weg zur Unabhängigkeit einschlagen sollte. Bourgiba befürwortete einen schrittweisen, evolutionären Kurs, sein Rivale einen radikaleren.

Die Zeit arbeitete für die Befürworter der Unabhängigkeit, sei es auf dem evolutionären oder revolutionären Weg. Und mit der Zeit erkannte auch die französische Regierung, dass die nationale Bewegung in Tunesien nicht auf militärischem Weg unterdrückt werden konnte. 1954 kam, erstmals seitdem sich General de Gaulle zurückgezogen hatte, ein profilierter Politiker als Ministerpräsident ans Ruder; der ehemalige Widerstandskämpfer Pierre Mendes-France. Dieser hatte bereits die französischen Truppen aus Indochina zurückgeholt (wo diese von den Amerikanern ersetzt wurden), und nun bot er Tunesien zum zweiten Mal Autonomie an. Getreu der von ihm verfochtenen schrittweisen Politik akzeptierte Bourgiba das Angebot als Diskussionsbasis – gegen den erbitterten Widerstand der radikalen Nationalisten. Als jedoch die Verhandlungen zur Durchführung der Autonomie nicht vorwärts kamen, rief auch Bourgiba zum Widerstand auf, worauf die französischen Behörden die gesamte Führung der Neo-Destour-Partei, einschließlich Bourgibas – für ihn war es bereits das dritte Mal –, verbannte.

Die Wende kam erst, als Mendes-France ausdrücklich sein Angebot mit der Aussicht auf völlige Unabhängigkeit verknüpfte. Sein Gesprächspartner war nun eindeutig Habib Bourgiba. Ben Youssef hatte dem nichts entgegenzusetzen, denn sein Rivale war nun der Einzige, der den Schlüssel zur Unabhängigkeit in den Händen hielt. Dagegen verschwendete der Rivale seine Zeit, als er das Land verließ, um 1955 am Gipfeltreffen der Blockfreien in Bandung teilzunehmen. Es half ihm wenig, zusammen mit den Größen der blockfreien Welt wie Tito, Nasser und Nehru im Licht der Scheinwerfer zu stehen. Geblendet von der Publicity hatte Ben Youssef überdies vergessen, seine Anhänger für den bevorstehenden Nationalkongress der Neo-Destour-Partei zu mobilisieren. Bereits vor Beginn der entscheidenden Tagung stand fest, dass Bourgiba als Sieger hervorgehen würde. Worauf Ben Youssef beschloss, das Votum gar nicht abzuwarten und die Sitzung zu boykottieren. Damit war das Rennen vorzeitig entschieden. Und das ohne Bruderkrieg.

Inzwischen war in Paris und Tunis – und zwischen den beiden Metropolen – eifrig verhandelt worden. Bourgiba war gezwungen, einen für ihn schmerzhaften Kompromiss zu akzeptieren: Die strategisch wichtige Hafenstadt Bizerta sollte den Franzosen weiterhin als Militärbasis erhalten bleiben. Dass es dennoch zu einem Abschluss kam, ging letztlich auf die Tatsache zurück, dass beide Seiten unter akutem Zeitdruck standen. Denn im benachbarten »Departement« Algerien, dem bevölkerungsreichsten Staat der Maghreb-Region, zeichnete sich bereits ein nationaler Aufstand ab, der alle bisherigen Konflikte der Nachkriegszeit in Nordafrika in den Schatten stellen sollte. So siegte der Realismus und am 20. März 1956 wurde der mühevoll ausgehandelte Vertrag unterzeichnet, der Tunesien in die Unabhängigkeit entließ. Fünf Tage später fanden die ersten allgemeinen Wahlen in der Geschichte des Landes statt, und drei Wochen danach ernannte der Bey Habib Bourgiba zum ersten Ministerpräsidenten des freien Tunesien.

7. *Kapitel*

Die Ära Bourgiba

Es war eine schwere Geburt und die ersten Jahre der unabhängigen Republik Tunesien nach 75 Jahren europäischer Kolonialherrschaft waren von lebensbedrohenden Problemen überschattet. Nicht einmal die unmittelbaren Folgen des Zweiten Weltkriegs, etwa die riesigen Minenfelder, waren beseitigt worden, und die Jahre des Widerstandes hatten dem Land einen hohen Blutzoll abgefordert.

Immerhin hatte Paris einige Konsequenzen aus der Revolte im Maghreb gezogen. Praktisch gleichzeitig mit Tunesien hatte Frankreich seinem zweiten Protektorat, Marokko, die volle Unabhängigkeit gewährt. Der von der französischen Regierung ins Exil geschickte Sultan Mohammed V. kehrte – wie bereits erwähnt – in einem Triumphzug in seine Heimat zurück. 1957 beförderte er sich selbst vom Sultan zum König. Ein Schritt, der ihn anderen arabischen Monarchen, sofern sie noch auf ihrem Thron saßen, gleichstellen sollte. Das schwerwiegendste Problem der Region war dadurch jedoch nicht gelöst. Zwischen Marokko und Tunesien lag mit seiner Million europäischer Siedler das französische »Departement« Algerien, das noch immer von der Seine aus direkt verwaltet wurde. Der nächste Konflikt – und es sollte der längste und blutigste auf nordafrikanischem Boden werden – war somit vorprogrammiert. Der fromme Wunsch der französischen Regierung, dieses Konfliktpotenzial durch Konzessionen in den beiden kleineren Teilen der Region zu entschärfen, sollte – ja, konnte – einfach nicht in Erfüllung gehen. Es »krachte« jedoch nicht nur in der französischen Einflusszone.

Noch im Jahr der Unabhängigkeit Tunesiens waren Großbritannien, Frankreich und Israel in der ägyptischen Sueskanal-Zone eingefallen – als überzogene Reaktion auf die einseitige Verstaatlichung der Betreibergesellschaft und des Wasserwegs durch den ägyptischen Autokraten Gamal Abdel Nasser. Die ganze Planung dieser Aktion war dilettantisch: Die Initiatoren, Großbritanniens Anthony Eden, Frankreichs Guy Mollet und Israels David Ben Gurion, hatten es unterlassen, ihren Verbündeten, den US-Präsidenten Dwight Eisenhower, vorher zu informieren. Als die ganze Dritte Welt plus Russland gegen die Aktion protestierte, setzte Eisenhower die Invasoren derart unter Druck, dass sie ihre Truppen aus Ägypten zurückziehen mussten. Dazu erklärte Anthony Eden dem Autor dieses Buches 1973 anlässlich eines Privatgesprächs trotzig: »Ich würde das Ganze noch einmal tun, aber nicht auf die Amerikaner hören.« So oder so: Nasser war der große Sieger und dies hatte unmittelbare Folgen für andere Teile der arabischen Welt. Er sah sich als Oberhaupt der »Umma el arabija« und seine Agenten arbeiteten in der ganzen Region, um diese Vision zu verwirklichen.

Tunesien war vom »ersten Sueskrieg« nicht direkt betroffen. Natürlich lagen seine Sympathien bei den »arabischen Brüdern«, aber es konnte in der Praxis nichts tun, selbst wenn Bourgiba dies gewollt hätte. Diese Passivität führte zu fremden- und judenfeindlichen Demonstrationen in Tunis. Sehr zum Missfallen Bourgibas, der persönlich auf die Straße eilte und den Mob vor der Synagoge zu Paaren trieb. Dennoch blieb der Nahostkrieg von 1956 auch für Tunesien nicht ohne Langzeitfolgen. Schon vor dem Ende des Protektorats hatte die Auswanderung der einheimischen Juden, zumeist in Richtung Israel, begonnen. Nach dem Sueskrieg entschlossen sich selbst alteingesessene Europäer zur Emigration. Der Algerienkrieg ließ diese Bewegung anschwellen – sehr zum Bedauern der tunesischen Regierung, die sich seit dem triumphalen Einzug Bourgibas in die Hauptstadt bemüht hatte, den multikulturellen und multiethnischen Charakter des Landes zu erhalten.

Bourgiba selbst sah sich genötigt, in solch unruhigen Zeiten seine eigene Position zu festigen. Seine Position als Regierungschef unter einem nominellen Vertreter des Ancien Régime, nämlich des Beys, schien ihm zu unsicher. So bewog er die Legislative, das Staatsoberhaupt höflich, aber bestimmt ins Exil zu schicken und die Monarchie in eine Republik umzuwandeln – mit einem »starken Präsidenten«, nämlich ihm selbst, an der Spitze. Ohne dass allerdings das Amt des Ministerpräsidenten abgeschafft wurde. Dieser war nun der zweite Mann im Staat. Bourgiba sollte während seiner langen Amtszeit eine ganze Reihe »zweiter Männer« aufbrauchen. »Le chef« wurde mehrmals zum Präsidenten wiedergewählt, zuletzt zum Präsidenten auf Lebenszeit. All das mag anmaßend klingen, doch wer sonst hätte die junge Republik im ersten Jahrzehnt führen sollen? Jene Politiker, die mit einer »Nach-Bourgiba«-Zeit spekulierten, konnten damals nicht ahnen, dass der »Chef« mehr als 90 Jahre alt werden würde. Dass er letztlich doch ins politische Ausgedinge geschickt werden würde, konnte in jenen Jahren niemand voraussehen.

Doch zurück ins Tunesien der fünfziger Jahre. Das neu gegründete Land gewann bald internationale Anerkennung durch die Mäßigung, die es auf der Weltbühne an den Tag legte. Das Land trat der Arabischen Liga bei – eine Selbstverständlichkeit – ebenso wie den Vereinten Nationen, wo es sich alsbald der neuen Gruppe der »blockfreien Staaten« anschloss. Als erster Vertreter eines arabischen Staates wurde der damalige Justizminister Mongi Slim zum Präsidenten der Generalversammlung gewählt. Natürlich wies das Regime Bourgibas gewisse autoritäre Charakteristika auf, doch dies wurde als selbstverständlich angesehen. Wie hätte er sonst politisch überleben können? In diesem Sinne meinte auch einer der ehemaligen österreichischen Botschafter in Tunesien, Georg Hohenberg (übrigens ein Enkel des in Sarajewo ermordeten Thronfolgers Franz Ferdinand): »Wenn es eine Person gab, die das Land durch seine kritischen ›Jugendjahre‹ hatte führen können, so war es Habib Bourgiba, dank seines Ansehens und seines Charismas.«

Die erste große Herausforderung für Tunesien kam denn auch nicht aus dem eigenen Land, sondern aus dem Nahen Osten. Die Entwicklung, die Syrien nach der Unabhängigkeit von Frankreich gewählt hatte, entsprach genau dem Gegenteil des »tunesischen Wegs«. Ein Diktator folgte dem anderen, wobei es immer wieder zu blutigen Gewaltakten kam. Der letzte der Autokraten in Damaskus wusste schließlich weder ein noch aus, sodass er Ägyptens starken Mann Gamal Abdel Nasser ersuchte, das Land als nördliche Region der »Vereinten Arabischen Republik« zu übernehmen. Damit wurde Nasser zur Nummer eins im arabischen Lager und der Welt klar, dass sein Horizont über Syrien hinausging. Nicht zuletzt, weil in Syriens Nachbarstaat, dem Libanon, ein jahrelanger Bürgerkrieg zwischen Moslems und maronitischen Christen ausgebrochen war, während die aus Israel geflüchteten Palästinenser im südlichen Libanon einen Staat im Staat einrichteten, der sich in dauerndes Geplänkel mit Israel verwickelte. Und letztlich wurde in den späten fünfziger Jahren das pro-westliche Regime im Irak durch einen besonders blutigen Putsch gestürzt.

Tunesien als kleiner Staat war in keine dieser Umwälzungen direkt verstrickt, aber die Unruhe im Osten blieb nicht ohne Auswirkungen auf diesen. Bourgiba war gezwungen, jeden seiner Schritte im Voraus genau zu überdenken. Einerseits bekannte er sich zur arabischen Solidarität, andererseits verbat er sich jede Einmischung in tunesische Angelegenheiten, selbst von den arabischen Bruderstaaten. Und so sorgte er dafür, dass der damals höchst populäre »Nasserismus« in Tunesien nicht Fuß fassen konnte.

In der ersten tunesischen Regierung saßen übrigens auch zwei jüdische Minister – ein Umstand, der in keinem arabischen Land denkbar gewesen wäre. In Tunesien bedeutete ihre Ernennung jedoch eine Anerkennung der Tatsache, dass sich die lokale jüdische Gemeinde – etwa im Gegensatz zu den algerischen Glaubensgenossen – auf die Seite der Verfechter der Unabhängigkeit geschlagen hatte. Die Minister schieden jedoch bald aus der Regierung aus. Dazu erklärte der tunesische Industrielle Roger Bismuth, der heutige Vorsitzende der jüdischen Gemeinde: *»Die tunesischen Juden genießen alle Rechte der übrigen Bevölkerung. Viele Felder stehen ihnen offen, sei es im Handel, in der Industrie oder der Finanz. Oder im kulturellen Leben. Wir sind jedoch übereingekommen, uns aus der Politik sorgfältig herauszuhalten. Sonst würden wir Juden unweigerlich in innertunesische Querelen hineingezogen und dann könnte unsere Religion zu einem Problem werden. Also: Hands off!«*

In den ersten tunesischen Regierungen blieb der engste Vertraute des Präsidenten sein gleichnamiger Sohn, der als Außenminister besonders in Europa, aber auch in den USA großes Ansehen genoss und das Staatsschiff souverän um außenpolitische Klip-

Das moderne Tunis

pen steuerte. Dies führte naturgemäß zu Gerüchten, Bourgiba bastle nach dem Vorbild anderer arabischer Staaten an einer eigenen Dynastie. In der Praxis erwiesen sich diese Gerüchte jedoch als reine Spekulation. Habib Bourgiba junior zog sich nach einiger Zeit aus der Politik zurück und lebt heute als angesehener Privatmann in Tunis. Bei der Wahl seiner Minister legte Bourgiba, was deren Loyalität und Berechenbarkeit betraf, immer strenge Maßstäbe an. Eigeninitiative war durchaus zulässig, begann aber ein Minister plötzlich eigenmächtig zu handeln, dann war er alsbald seinen Posten los. Dem Präsidenten war indes auch weiterhin keine Ruhepause gegönnt, weder in der Außen- noch in der Innenpolitik.

Wie erwähnt hatte Bourgiba bei den Verhandlungen mit Frankreich um die Unabhängigkeit des Landes dem Weiterbestand der französischen Militär- und Flottenbasis in Bizerta an der Nordspitze des Landes und einiger kleiner Stützpunkte, mehr nolens als volens, zustimmen müssen. Allerdings, wie es hieß, nur als Zwischenlösung. Nach seiner Wahl zum Staatspräsidenten hatte er seine Forderung nach dem Abzug der französischen Truppen erneuert. In Paris war er damit auf totale Ablehnung gestoßen. Angesichts des andauernden Algerienkrieges hatte sich der militärische Wert der Stützpunkte in Tunesien beträchtlich erhöht, notabene, da dessen Regierung ihre Sympathie mit dem algerischen Widerstandskampf keinen Moment lang verhehlte. Es kam immer wieder zu gefährlichen Zwischenfällen. Im Februar 1958 bombardierte die französische Luftwaffe das tunesische Grenzdorf Sakiet Sidi Youssuf, wo Paris geflohene algerische Rebellen vermutete. Die radikalen Tunesier um Salah Ben Youssef witterten Morgenluft – sei es aus politischen und nicht aus nationalen Motiven – und forderten von der Regierung den Abbruch der diplomatischen Beziehungen mit Frankreich. Bourgiba war jedoch nicht geneigt, dieser populistischen Forderung nachzugeben. Für ihn wäre dies eine Trotzreaktion gewesen, die nichts gebracht hätte. Den direkten Draht zu Paris wollte er nicht aufs Spiel setzen. Er setzte weiter auf diplomatische Verhandlungen und überredete tatsächlich die Franzosen zum Abzug aus den erwähnten kleineren Basen. Nicht aber aus Bizerta.

Salah Ben Youssef seinerseits suchte Unterstützung bei Gamal Abdel Nasser in Kairo. Der ägyptische »Rais« (Boss) befand sich nach dem Debakel der Briten, Franzosen und Israelis im ersten Sueskrieg auf dem Höhepunkt seiner Macht und war gerade im Begriff, im Irak »umzurühren«. Die Intrige gegen Bourgiba schlug jedoch fehl, nicht zuletzt, weil Nasser nach seinen Erfolgen seine Beziehungen zu Frankreich wieder verbessern und sein Image im Westen aufmöbeln wollte. Sei es, um sich in Sachen Irak, das ihm wichtiger erschien als Tunesien, den Rücken frei zu halten. Nasser ließ die tunesische Opposition daher abblitzen und informierte Bourgiba von deren Plänen. Salah Ben Youssef floh aus dem Land und wurde in Tunis in absentia wegen Verschwörung und Hochverrat zum Tode verurteilt – natürlich ein rein symbolischer Akt.

Bourgiba ließ indessen eine neue Verfassung verabschieden, um künftige Palastrevolten im Keim zu ersticken. In diesem Gesetz wurden die Minister allein dem Präsidenten anstelle des Parlaments unterstellt. Eigentlich bildete auch dies nur einen symbolischen Akt, denn bei den folgenden Wahlen eroberte Bourgibas Partei alle Sitze in der Nationalversammlung. Trotz dieses eindeutigen und keineswegs überraschenden Votums, hatte Bourgibas Ansehen im Inland gelitten, weil er sich gegenüber der ehemaligen Kolonialmacht mit einem »Punktesieg« begnügt hatte. Die Medien hatte Bourgiba naturgemäß unter Kontrolle, aber auf der Straße – dem beliebtesten Austragungsort politischer Proteste – verstärkte sich der Ruf nach der »Rückgabe« von Bizerta. Solange sich dort die Besitzverhältnisse nicht änderten, wusste Bourgiba, dass seine Rivalen wieder an seinem Sessel sägen würden. So erneuerte er seine Forderung nach Aufgabe der großen französischen Basis, setzte aber weiter auf eine Verhandlungslösung. Aber auch die Franzosen befanden sich in der Klemme. Da die Operationen gegen die algerischen Widerstandskämpfer im Sande verliefen und sich der Widerstand innerhalb der eigenen Militärs und der reaktionären Colons erhöhte, kam ein kampfloses Nachgeben für sie nicht infrage.

Just zu diesem Zeitpunkt, an dem eine Lösung auf dem Verhandlungswege vielleicht noch möglich gewesen wäre, beging die Regierung in Paris einen gravierenden taktischen Fehler. Für die militärische Operation in Algerien benötigte die Basis in Bizerta einen größeren Flugplatz. Für eine Erweiterung der bisherigen Einrichtungen forderten die Franzosen daher einen Gebietsstreifen außerhalb des ihnen zugestandenen Terrains. Ein entsprechendes Ansuchen an Bourgiba musste dieser zu jenem Zeitpunkt jedoch kategorisch ablehnen – selbst wenn er zu einem Nachgeben bereit gewesen wäre, was ohnehin nicht der Fall war. Dennoch zögerte der Präsident angesichts einer direkten Konfrontation, worauf es zu einem spontanen Marsch der Massen auf die Festung kam. Natürlich schlugen die gut ausgerüsteten französischen Truppen den wilden Sturm auf die neuzeitliche Bastille mit schweren Verlusten für die Angreifer zurück (Juli 1961).

Aber dieser Sieg sollte sich als reiner Pyrrhussieg erweisen. Beide Seiten kehrten an den Verhandlungstisch zurück – doch unter völlig veränderten Voraussetzungen. Jetzt konnte Bourgiba keinen Schritt zurückweichen, ohne seine eigene Position zu gefährden. Eine Lösung von heute auf morgen kam nicht mehr infrage und so erfolgte der Durchbruch erst im Oktober 1963, nachdem in Paris die IV. Republik ruhmlos zusammengebrochen war und General de Gaulle die Zügel fest in seine Hände genommen hatte. Gegen sein enormes Prestige hatte weder der Widerstand der Colons noch die an Meuterei grenzende Opposition einer Gruppe hoher Offiziere eine Chance. Nach 80 Jahren wurde die Tricolore auf den Festungsmauern von Bizerta eingezogen. Die Befreiung Tunesiens war damit abgeschlossen.

8. Kapitel

Jahre der Prüfung

So geschickt sich Habib Bourgiba auf der politischen Bühne bewegt hatte – die Großmacht Frankreich war von ihm »ausgetrickst« und die interne Opposition eliminiert worden –, bei der Behandlung wirtschaftlicher Probleme stieß er auf von äußeren Faktoren vorgegebene Grenzen. Er war ein zum Staatsmann gewachsener Patriot mit sozialem Gewissen, aber kein Wirtschaftsfachmann. Und wenn er dies auch nicht offen zugab, wusste er dies in seinem Inneren. Deshalb gewährte er bei der Inangriffnahme derartiger Probleme seinem Wirtschaftsminister, Achmed Ben Salah, mehr oder weniger freie Hand. Natürlich musste ihm der »Wesir« regelmäßig Bericht erstatten, aber Bourgiba kannte sich mit dessen Vorlagen nicht wirklich aus. Sein Vertrauen überwog in diesem Fall seinem Wunsch nach Kontrolle.

Ben Salah war ein hochbegabter Intellektueller und sah in der Tatsache, dass Tunesiens Reformen sozusagen bei null anfangen mussten, kein Hindernis. Auf dem Papier gab es eine Masse von Plänen. Schon der Vater der maghrebinischen Unabhängigkeitsbewegung, der marokkanische Rebell Abd el Krim, hatte nach der Flucht vor den Franzosen – während seiner Rückreise aus dem Exil, als sein Schiff bei der Fahrt durch den Sueskanal von den Ägyptern gestoppt wurde – einen Plan für eine Wirtschaftsunion unter den Maghrebstaaten ausgearbeitet: mit dem Ziel, die einseitige wirtschaftliche Ausrichtung der drei Länder auf Frankreich, das damals (1948) die gesamte Region beherrschte, zu eliminieren. Der Vorschlag wurde von den Nationalisten in den betroffenen Ländern begrüßt und gemeinsam mit der Erlangung der Unabhängigkeit zum offiziellen Programm erhoben.

In der Praxis geschah jedoch wenig. Der gute Wille genügte nicht zur Bewältigung der Probleme, welche nur die wenigsten Politiker berücksichtigt hatten, solange der Kampf um die Unabhängigkeit absolute Priorität erforderte. Jedenfalls zeigte sich, dass jeder der Maghrebstaaten mit unterschiedlichen wirtschaftlichen Problemen zu kämpfen hatte. Bald kristallisierte sich heraus, dass Ben Salah, der aus dem Gewerkschaftsflügel der Destour-Partei gekommen war, nicht der Mann war, der diese Probleme lösen konnte. Als überzeugter Sozialist – er war übrigens Mitglied der Exekutive des von Bruno Kreisky ins Leben gerufenen »Wiener Instituts für Entwicklungsfragen« – vertrat er die Meinung, dass die Probleme seiner landwirtschaftlich orientierten Heimat (deren größte Ländereien sich noch in ausländischem Besitz befanden) mit einer gehörigen Dosis sozialistischer Planwirtschaft gelöst werden könnten. Er hätte jedoch wissen müssen, dass sich die tunesischen Bauern unter einem sozialistischen System nichts vorstellen konnten.

Dank der Handlungsfreiheit, die ihm Bourgiba einräumte, entwarf er einen Zehn-Jahres-Plan, welcher die Bevölkerung zwischen 1962 und 1971 zu einer »eigenständigen tunesischen Form des Sozialismus« geleiten sollte. Ben Salahs Plan sah eine ganze Reihe von Änderungen in der Landwirtschaft vor. Der wichtigste Punkt war die Enteignung der ausländischen Großgrundbesitzer, was in die Tat umgesetzt die Verstaatlichung des wichtigsten Agrarbesitzes ohne wirksame flankierende Maßnahmen einschloss. In der Praxis waren 700 000 Hektar betroffen, die sich im Besitz von 4000 bis 4700 Eigentümern befanden. Dieses Areal sollte nun quasi autonom durch ein weit verzweigtes Netz von privaten genossenschaftlichen und staatlichen Kooperativen bewirtschaftet werden. Salah wollte offensichtlich nicht zur Kenntnis nehmen, dass die Umstellung einer patriarchalischen Landwirtschaft auf ein unerprobtes System umfangreiches Know-how, ausgebildete Mitarbeiter und nicht zuletzt Kapital, welches der arme tunesische Staat nicht vorstrecken konnte, benötigen würde, um überhaupt aus den Startlöchern zu kommen. Auch der ideologisch inspirierte Versuch Ben Salahs, die Ausrichtung der tunesischen Wirtschaft auf Frankreich im Sinn seines geistigen Vaters Abd el Krim zu ändern, erwies sich als kapitaler Fehlschlag. Frankreich, über die Diskriminierung ausländischer – hauptsächlich französischer – Unternehmer in Nordafrika verärgert, beschränkte seine bisher umfangreichen Importe landwirtschaftlicher Produkte aus Tunesien. Und Ben Salah war nicht in der Lage, alternative Exportmärkte sozusagen aus dem Hut zu zaubern. Stolz verkündete er den Abschluss eines Exportvertrages für Obst und Gemüse mit dem Schweizer Migros-Konzern, doch das war nur ein Tropfen auf dem heißen Stein. Die resultierenden Verluste trafen Tunesien härter als seine Nachbarstaaten Libyen und Algerien, die ihre Exportbilanzen durch Erdöl- und Erdgas-Ausfuhren aufbessern konnten.

Sicherlich handelte Ben Salah nach bestem Wissen und Gewissen bei seinen Versuchen, im Land ein soziales Gewissen zu schaffen. Die Masse der Bevölkerung war jedoch nicht bereit, die hochgradig theoretischen Pläne des ersten Zehn-Jahres-Planes zu erfüllen – zu denen auch die Umbenennung der Neo-Destour-Partei in Sozialistische Destour-Partei zählte. Wie so vieles andere blieb dies ein rein formeller Akt, der inzwischen – wie viele andere »sozialistische« Reformen – rückgängig gemacht wurde. Die unmittelbare Konsequenz des fehlgeschlagenen Experiments mit dem Sozialismus führte schließlich zum tiefen Fall des Initiators Ben Salah, der ebenso drastisch ausfiel wie sein kometenhafter Aufstieg. Er wurde vom Präsidenten abgesetzt und landete schließlich hinter Gittern.

1969 wurde das System der Kooperativen abgeschafft und die Reprivatisierung der Betriebe beschlossen. Gleichzeitig wurden Anreize für ausländische Investoren – darunter natürlich auch französische – eingeführt. Der Wandel machte sich überraschend rasch in der Wirtschaftsstruktur des Landes bemerkbar. Der Anteil der Landwirtschaft am Bruttonationalprodukt ging bis 1976 um ganze 17,4 Prozent zurück; jener der Erwerbstätigen im Agrarsektor sogar um 35 Prozent. Dafür verdoppelte sich die Industrieproduktion, nicht zuletzt dank der steigenden ausländischen Investitionen. Dazu kam die wahrhaft glänzende Entwicklung der Fremdenverkehrswirtschaft, die sich innerhalb relativ kurzer Zeit zu einem bedeutenden Wirtschaftsfaktor entwickelt hat und – um es gleich vorwegzunehmen – die heute einen Grundpfeiler auf dem Sektor der Deviseneinnahmen darstellt. Nicht allen Anrainerstaaten des Mittelmeers bereitete dieser Aufschwung reine Freude, denn die tunesische Kombination von Kultur, Sicherheit und Freizeiteinrichtungen war schwer zu überbieten.

Auch in der Außenpolitik machte sich die Wende in Tunesien bemerkbar. Und sie zwang das Land – in diesem Fall Habib Bourgiba am Höhepunkt seiner Macht – zu einem gefährlichen Drahtseilakt, den er, rückwirkend und an den Resultaten gemessen, geradezu souverän bewältigte. Offiziell blieb das Land blockfrei, aber ebenso frei von der in den anderen »neutralistischen« – im Gegensatz zur neutralen – Ländern bemerkbaren antiwestlichen Tendenz; im Gegenteil: Tunesien neigte zu einem immer stärkeren prowestlichen Kurs, was sich wiederum durch wachsende westliche Entwicklungshilfe bemerkbar machte. Diese Tendenz schlug sich auch in der Stimmung in der Bevölkerung nieder: Selbst am Höhepunkt der Karriere Ben Salahs hatten die Tunesier wenig Sympathie für dessen wirtschaftliche Planspiele gezeigt.

Dieselbe Erfahrung mussten übrigens auch die meisten anderen arabischen Republiken machen, die sich von Nassers arabischem Sozialismus oder der Variante Gaddafis hatten beeinflussen lassen. Heute träumt kein arabisches Land zwischen Persischem Golf und dem Atlantik mehr von planwirtschaftlichen Experimenten.

Andererseits führte Bourgibas ebenso eigenwillige wie unabhängige Außenpolitik nach seiner »Trennung« von Ben Salah zwangsläufig zu Differenzen mit anderen ehrgeizigen arabischen Politikern wie Gamal Abdel Nasser. Dieser hatte sich inzwischen in eine Art Abhängigkeitsverhältnis zur Sowjetunion begeben – nachdem sich die USA geweigert hatten, seinen Traum, den Assuan-Hochdamm, zu finanzieren oder seinen Bedarf an modernen Waffen zu erfüllen. Da sprang die Sowjetunion in die Bresche – für einen Preis. Nach seinem spektakulären Erfolg im ersten Sueskrieg gegen Großbritannien, Frankreich und Israel sowie der Bildung der Vereinigten Arabischen Republik durch den Zusammenschluss mit Syrien erschien der »Rais« am Nil den mit ihren eigenen Regimen unzufriedenen arabischen Brüdern als neuer Kalif. Woran nicht einmal das Scheitern seiner irakischen Pläne (1958) oder der Abfall der syrischen

Region Anfang der sechziger Jahre etwas ändern konnte. Als erster arabischer Präsident hatte Habib Bourgiba Nasser brüskiert, als er es wagte, eine Anerkennung Israels zumindest als akademische Lösung ins Spiel zu bringen. Danach hatte er Nasser weiter verärgert, als er die Gipfelkonferenz von Casablanca boykottierte, die als eine Art Huldigungstagung für den Ägypter geplant war. Auf Nassers »Hoch« folgte sein Tief, in das er Syrien und Jordanien hineinzog. Von den Palästinensern ganz zu schweigen. Im Sechs-Tage-Krieg von 1967, der mit dem totalen Sieg der Israelis geendet hatte, sandte Bourgiba wohl ein Truppenkontingent als Zeichen seiner Solidarität mit den Arabern nach Ägypten, dieses kam aber zu spät, um in die Kämpfe einzugreifen. Am Debakel der so genannten arabischen Frontstaaten hätten aber auch die tunesischen Soldaten nichts ändern können.

Bei den radikalen arabischen Staaten stieß Bourgibas konziliante Haltung auf wenig Gegenliebe. Die nächste Gipfelkonferenz der Arabischen Liga in Khartoum endete mit einer Resolution, in welcher drei Grundprinzipien gegenüber Israel apodiktisch festgelegt wurden: no recognition, no negotiations and no peace (keine Anerkennung, keine Verhandlungen und kein Friede). Damit war die Tür zu einer Verhandlungslösung für die folgenden Jahre – die zu Jahrzehnten wurden – zugeschlagen. Jedenfalls war es nicht Tunesiens Schuld, dass die Chance auf einen Frieden nach dem Sechs-Tage-Krieg vertan wurde, lange bevor die Frage der jüdischen Siedlungen zu einem schwer wiegenden Problem wurde.

Aber was sollte Bourgiba tun? Mangels einer außenpolitischen Lösung wandte er sich erst recht der Innenpolitik zu, während er in der Weltpolitik bei seinem Kurs des Mittelwegs blieb. Der Gesundheitszustand des Präsidenten hatte indessen unter der dauernden physischen und psychischen Belastung gelitten. Allein 1970 musste er sechs Monate lang zur medizinischen Behandlung ins Ausland fahren, was die endemische Gerüchteküche in Tunesien selbst zum Brodeln brachte. Erstmals gab es Versuche von mehr oder weniger prominenten Politikern, die Nachfolgefrage und die Zukunft des Präsidialsystems auf die Tagesordnung zu stellen. Im Oktober 1971 setzte sich der Führer des Reformflügels – der etwa der Parteilinken entsprach, wiewohl man mit Begriffen wie »rechts« oder »links« in Tunesien vorsichtig vorgehen muss – Achmed Mestiri beim Kongress der »Sozialistischen Destour-Partei« (wie sich die Staatspartei jetzt noch nannte) mit seinem Vorschlag für eine Änderung der Verfassung durch. Was Bourgiba keineswegs goutierte. Er war zwar durch seine wiederholten Erkrankungen physisch geschwächt, aber keineswegs geistig beeinträchtigt. Mithilfe seines getreuen Ministerpräsidenten Hedi Nouira entmachtete er seine Kritiker. Damit hatten die aufmüpfigen Politiker ihre Lektion gelernt.

Im folgenden Jahrzehnt wurde die Führungsrolle des Staatschefs kaum mehr infrage gestellt. Beim Parteikongress von Monastir (1974) wurde der »Pater Patriae«, wie bereits erwähnt, zum Staatschef auf Lebenszeit gewählt. Und im Zuge der nächsten Präsidentschafts- und Parlamentswahlen wurde die Verfassung tatsächlich geändert – allerdings diesmal deutlich zugunsten des Staatschefs. Der jeweilige Ministerpräsident wurde automatisch als potenzieller Nachfolger des Staatsoberhaupts designiert – womit die Frage, wer der zweite Mann im Staate sei, ein für allemal geregelt war, denn der Premierminister sollte selbst vom Staatsoberhaupt bestellt werden. Mestiri trat nach diesem Rückschlag seiner Initiative aus der Regierungspartei aus. Er dient aber bis heute (2004) als geistiger Vater der tunesischen Sozialisten und damit als graue Eminenz der größten im Parlament vertretenen, aber dennoch unbedeutenden Oppositionspartei – der »Sozialistischen Sammlungsbewegung«.

Nun, da alles für die absehbare Zukunft geregelt war, begannen verschiedene Behörden Denkmäler für Bourgiba zu errichten. Einige zeigen ihn hoch zu Ross, die älteren mit dem traditionellen roten Fes als Kopfbedeckung, die späteren barhäuptig, eine Reaktion auf die von Gamal Abdel Nasser in Ägypten eingeführte »neue Mode«, welche die traditionelle rote Kopfbedeckung als Merkmal des »Ancien Régime« (wie es Kemal Atatürk Jahrzehnte zuvor in der Türkei getan hatte) und somit als anachronistisch – es sei denn für Prediger – verboten hatte. Die einfachen Tunesier blieben indes ihrem geliebten Fes treu, allerdings einer niedrigeren Variante aus weichem Stoff.

Nur in Marokko ist der Fes bis heute die Kopfbedeckung des Königs; als Souvenirartikel ist er weiter in verschiedenen Farben in den Bazars erhältlich.

Als unumstrittener Machthaber führte Bourgiba einen strengeren Kurs gegenüber der Opposition ein – auch jener innerhalb der Destour-Partei. Womit er die Kritiker auf die Straße verwies. Es waren in erster Linie Studenten, aber auch Lehrer, die nicht zuletzt von Oppositionellen im Ausland – der freigelassene Achmed Ben Salah war 1973 ins Ausland geflohen – zu Demonstrationen animiert wurden.

Gleichzeitig war Bourgiba durch »äußere Ereignisse« gezwungen, sich mehr um die Beziehungen zu den Nachbarstaaten zu kümmern. Bereits 1971 war der von den Weltkriegsalliierten (hauptsächlich den Briten) eingesetzte konservative König von Libyen, Mohammed Idris el Senussi, Nachfahr des Helden des Kriegs gegen die italienischen Kolonialherren, durch einen Militärputsch gestürzt worden, ohne dass sich die Engländer und Amerikaner, die je eine Basis in Libyen kontrollierten, für ihren Protegé eingesetzt hätten. Der Führer der Putschisten, der junge Oberst Muammar el Gaddafi, entwickelte sich in den folgenden Jahren zu einem höchst unberechenbaren Führer mit hochtrabenden Ambitionen à la Nasser, während gleichzeitig der algerische Aufstand seinem Höhepunkt zustrebte. Auch der Sieg der Rebellen brachte dem östlichen Nachbarland Tunesiens keine dauernde Erleichterung.

In Anbetracht dieser Spannungen verstärkte und modernisierte Tunesien seine bisher auf Sparflamme gehaltenen eigenen Streitkräfte mit amerikanischer und französischer Hilfe. »Bruder Muammar« sah dies mit misstrauischen Augen. Sein Ölreichtum erlaubte es ihm, in verschiedenen Teilen der Welt subversive Gruppen – von Nordirland über das Baskenland bis in etliche schwarzafrikanische Staaten – zu finanzieren. Damit hatte Gaddafi die Mission des 1970 verstorbenen Gamal Abdel Nasser übernommen, dessen Land nun unter Anwar Sadat einen friedfertigen Kurs eingeschlagen hatte. Das eigentliche Ziel des Machthabers von Tripolis blieben jedoch die Maghrebstaaten, zu denen er sein eigenes Land zählte. Besonders Tunesien, das er, wie ein Jahrhundert zuvor die Franzosen, als »soft target« ansah. Im Jänner 1974 wurde Bourgiba zusammen mit seinem Außenminister Mohammed Masmoudi nach Libyen eingeladen und dort ohne Vorwarnung so stark unter Druck gesetzt, dass er einen Vertrag für die Vereinigung der beiden Länder unterzeichnete. Kaum im heimatlichen – und sicheren – Tunis zurück, erklärte Bourgiba diesen ihm aufgezwungen Vertrag für null und nichtig und warf Masmoudi aus seinem Kabinett, weil er seinen Chef nicht im Voraus vor den Absichten Gaddafis gewarnt hatte. Der von Libyen als »historisch« bezeichnete Vertrag hatte genau drei Tage lang gehalten.

Einen ähnlichen »Unionsvertrag« schloss Libyen einige Jahre später mit König Hassan II. von Marokko ab, obwohl er mit diesem Land gar keine gemeinsame Grenze hatte. Der marokkanische Monarch hielt sogar ein Referendum in seinem Land ab, das eine Mehrheit von 99 Prozent für das Abkommen ergab. Dennoch trat auch dieser Vertrag niemals in Kraft und ist mehr oder weniger in Vergessenheit geraten. Nun hat Libyen offensichtlich seine Expansionspläne aufgegeben und bemüht sich seit 2003 wieder um ein gutes Betragenszeugnis auf der internationalen Bühne.

Es ist schwer zu sagen, ob Gaddafis außenpolitische Niederlagen dazu beitrugen, dass inzwischen Bewegung, wenn auch kein endgültiger Durchbruch, in die Nahostpolitik gekommen ist. Der Mann, der diese Bewegung einleitete, hieß Anwar Sadat, der mit seiner – alle Seiten überraschenden – Visite in Jerusalem und seiner wirklich »historischen« Rede vor der Knesset völlig neue Perspektiven eröffnete. Nach Verhandlungen, die sich auf über ein Jahr erstreckten, wurde 1979 der Friedensvertrag zwischen Israel und Ägypten – der erste zwischen dem jüdischen Staat und einem arabischen Land – abgeschlossen. Die anderen arabischen Staaten waren noch nicht so weit und nur das Sultanat Oman am Persischen Golf begrüßte Sadats Initiative. Alle anderen Mitglieder der Arabischen Liga verurteilten den ägyptischen Vorstoß – mit unterschiedlicher Intensität – und schlossen Kairo aus der Arabischen Liga aus. Dadurch wurde Tunesien in die Entwicklung einbezogen. Die Liga beschloss nämlich, ihr Hauptquartier von Kairo nach Tunis zu verlegen und nicht nach Bagdad, wie es der irakische Diktator Saddam Hussein gefordert hatte. Dieser Beschluss unterstrich die Bedeutung des Maghreb-Landes auf der internationalen Bühne und führte zu einer befristeten Eiszeit zwischen Tunesien und dem Irak.

Die Friedensreise Sadats hatte bekanntlich ein trauriges Nachspiel. 1981 wurde Sadat während einer Militärparade ermordet und der Friedensprozess im Nahen Osten ist seitdem nicht weitergekommen, obwohl ein zweiter Friedensvertrag – diesmal zwischen Israel und Jordanien – unterzeichnet wurde. Inzwischen haben die meisten arabischen Staaten die Weisheit Sadats – posthum – anerkannt und das Hauptquartier der Liga ist wieder nach Kairo zurückgekehrt. Dazu eine Anmerkung: Der politisch profilierteste Generalsekretär der Arabischen Liga in den letzten Jahrzehnten war der Tunesier Chedli Klibi.

Mittlerweile begann Bourgibas »innere Uhr« abzulaufen. Just jener Staatsmann, der das große Reformwerk in Tunesien eingeleitet und – um nur ein Beispiel zu zitieren – den Frauen seines Landes Rechte eingeräumt hatte, die in keinem anderen moslemisch-arabischen Land denkbar gewesen waren, wurde im hohen Alter immer reaktionärer. Er drückte eine weitere Revision der Verfassung durch, die ihm noch größere Befugnisse einräumte. Besonders in der Wirtschaftspolitik weigerte er sich, einer weiteren Liberalisierung zuzustimmen. Dies führte zwangsläufig zu einer Konfrontation mit alten Parteigängern in der Gewerkschaftsbewegung UGTT.

Im Jänner 1978 rief die UGTT einen Generalstreik aus – den ersten in der Geschichte der tunesischen Republik. In mehreren Städten kam es zu Demonstrationen, die in blutige Zusammenstöße mit der Exekutive ausarteten. Im Gefolge der Unruhen kam es zu einem Prozess gegen 200 Gewerkschafter. Als sich noch immer keine Beruhigung einstellte, verkündete die Regierung den Ausnahmezustand, der 30 Tage anhalten sollte.

Die Krise ließ sich jedoch nicht allein mit Polizeimaßnahmen beenden. Die Inflation erreichte gefährliche Höhen, die Arbeitslosigkeit schwoll an, während die Wirtschaft stagnierte. Unter der Oberfläche forderte die soziale Ungleichheit ihren Tribut. Die wachsende Opposition griff mit einem Mal nicht nur wirtschaftliche Themen, sondern auch Themen auf, die bisher als tabu gegolten hatten: die Pressefreiheit und die Zulassung von politischen Oppositionsparteien.

Die Tatsache, dass der Widerstand nicht zuletzt aus dem Ausland gesteuert wurde, lieferte keine Erklärung für die wachsende Unzufriedenheit – es sei denn, dass der Präsident sein bisher sicheres Gespür für das Mögliche offensichtlich verloren hatte. Im April 1982 trat Ministerpräsident Hedi Nouira zurück, da er glaubte, das Vertrauen Bourgibas verloren zu haben. Er wurde durch einen weiter links stehenden Politiker, Mohammed Msali, ersetzt, der eine Reihe von wirtschaftlichen Liberalisierungsmaßnahmen einleitete, ohne dass es ihm dadurch gelang, einen Modus vivendi mit der Gewerkschaft herzustellen. Bei den folgenden Wahlen zur UGTT-Exekutive kamen Funktionäre zum Zug, die sich bei den großen Demonstrationen drei Jahre zuvor gegen

Bourgiba gestellt hatten. Einige von ihnen waren sogar verhaftet worden. Noch im gleichen Jahr fanden Parlamentswahlen statt, bei denen die Listenkombination der Gewerkschaften mit der Sozialistischen Destour-Partei alle Sitze eroberte. Oppositionelle Gruppen scheiterten ausnahmslos an der Fünf-Prozent-Hürde des damals gültigen Wahlrechts.

Um es gleich vorwegzunehmen: Das gegen Kleinparteien diskriminierende Wahlrecht der Bourgiba-Ära wurde inzwischen novelliert. Zwanzig Prozent aller Parlamentssitze sind heute für Oppositionsparteien reserviert und werden von Kandidaten der Regierungspartei nicht beworben. Doch das war in den frühen Achtzigerjahren noch unrealistische Zukunftsmusik. Jedenfalls gelang es Msali nicht, das tunesische Staatsschiff trotz der Ausschaltung der Opposition aus dem Parlament auf einen glaubhaften Kurs zurückzuführen, zumindest nicht auf jenen, den sich Bourgiba vorgestellt und gewünscht hatte. In den folgenden Jahren kam es neuerlich zu gewalttätigen Unruhen, verursacht durch die Erhöhung des bislang künstlich niedrig gehaltenen Brotpreises. Da half es nicht, darauf hinzuweisen, dass ähnliche Unruhen auch in anderen nordafrikanischen Staaten, besonders in Ägypten, aus demselben Grund auftraten. Brot war nun einmal das Grundnahrungsmittel der ärmeren Bevölkerungsschichten, aber die entsprechend hohen Subventionen des Brotpreises belasteten die Budgets der betroffenen Staaten.

In Tunesien musste Bourgiba die Preiserhöhungen unter dem Druck der Straße zurücknehmen, was sein Verhältnis zu Msali vergiftete, der als Sündenbock dargestellt wurde. Somit war der Öffentlichkeit klar, dass einer von beiden seinen Hut würde nehmen müssen und dass es diesmal Msali treffen würde. Dieser verzichtete darauf, offiziell zu demissionieren. Er floh vielmehr in die Schweiz und wurde in absentia zu einem Jahr Gefängnis verurteilt.

9. *Kapitel*

Der Angriff der Fundamentalisten

Eines der Ergebnisse der Unzufriedenheit der Massen mit der mangelnden Entschlossenheit des »alten Mannes« und seiner Weigerung, notwendige Reformen – sei es in der Politik oder der Wirtschaft – einzuleiten, war das Aufkommen radikaler islamischer Gruppen, die bislang in der tunesischen Öffentlichkeit nur am Rande aufgetreten waren. Dabei hatte sich dieses Phänomen mehr oder weniger gleichzeitig in zahlreichen arabisch-islamischen Staaten bemerkbar gemacht – vom Persischen Golf bis zu den Maghrebstaaten und sogar in der streng laizistischen Türkei.

Historisch betrachtet, könnte man das rasante Anwachsen des Fundamentalismus bis in die späten siebziger Jahre zurückverfolgen – als der mächtigste Staat des Mittleren Ostens, das iranische Kaiserreich, vor einer mittelalterlich anmutenden Bewegung radikaler Mullahs geradezu sang- und klanglos zusammenbrach. Zugegeben, in ihrem Anfangsstadium hatten die iranischen Fundamentalisten die allgemeine Unzufriedenheit mit dem Regime des

Schahs auch unter den ursprünglich von der Sowjetunion animierten Kräften ausgenutzt. Einmal an der Macht, eliminierten die religiösen Fanatiker ihre ehemaligen Verbündeten ebenso brutal wie die Anhänger der Dynastie Pahlewi.

Seit dem Sturz des Schah sahen sich die etablierten Regimes der arabischen Staaten – gleichgültig, ob es sich um Monarchien oder Republiken handelte – in einen Zwei-Fronten-Krieg verwickelt, mit dem keiner von ihnen gerechnet hatte. Auf der einen Seite agitierten die »alten Bekannten« des revolutionären Lagers, die nach Kräften von der damals noch international hyperaktiven Sowjetunion – siehe Afghanistan – in Trab gehalten wurden, auf der anderen Seite die besonders vom Iran geförderten Islamisten, die unverhohlen einen Gottesstaat anstrebten.

Tunesien gelangte, wie bereits angedeutet, dank seiner Tradition der Toleranz, relativ spät ins Fadenkreuz islamistischer Gruppierungen. Analog zu Algerien etablierte sich eine »Bewegung zur Förderung islamischer Tendenz«, die sich anfänglich auf eine rein soziale religiöse Zielsetzung berief, die aber sehr rasch in politische Sphären eindrang – ein Trend, der von Bourgiba und seinem Kreis von Ja-Sagern in ihrer wachsenden Erstarrung nicht wahrgenommen wurde. An der Spitze der Islamisten, die sich inzwischen in der »An-Nahda«-(Wiedergeburt)-Bewegung zusammengefunden hatten, etablierte sich ein fanatischer Volksredner namens Rachid Ghannouchi, eine charismatische Persönlichkeit, die sich durchaus in der Lage zeigte, Massen in den Moscheen und auf der Straße für Gewalttaten zu mobilisieren. Damit war das Stadium der konspirativen Tätigkeit und der Tarnung der wahren Ziele vorbei, mit der öffentlichen Agitation war auch die Toleranzgrenze des Regimes überschritten. Ghannouchi wurde verhaftet, zu lebenslangem Kerker verurteilt, dann aber gegen gewisse Auflagen freigelassen. Er konnte nach England ausreisen, was ihn aber nicht daran hinderte, von London aus seine Anhänger weiter zu Gewaltakten aufzustacheln. Sein Vorbild war offensichtlich die Tätigkeit Ayatollah Khomeinis aus dem französischen Exil.

Außenstehende mag es überraschen, dass sich die beiden traditionellen Kolonialmächte Großbritannien und Frankreich, Kampfgefährten der Entente cordiale in zwei Weltkriegen und längst wieder Partner in neuen Bündnissen und Allianzen, in der Dritten Welt weiterhin heftige Konkurrenzkämpfe lieferten. Schon vor Ende des Zweiten Weltkriegs hatte das britische Foreign Office die Arabische Liga gegründet, mit dem geheimen, aber inzwischen zugegebenen Ziel, die Franzosen aus dem Nahen Osten zu verdrängen bzw. in diese Region nicht wieder hineinzulassen. Die Araber durchschauten allerdings Londons Pläne und waren nicht geneigt, einen europäischen »Protektor« für einen anderen zu tauschen.

Natürlich ist diese zwiespältige Einstellung westlicher Demokratien gegenüber arabischen Dissidenten, unter denen sich auch Terroristen befinden –

wobei eine Seite jeweils die Regimegegner der anderen unterstützt –, nicht nur auf Rivalitäten oder wirtschaftliche Interessen zurückzuführen. So meint der Politologe Sadok Chaabane, Direktor des Tunesischen Instituts für Strategische Studien, in seinem Buch »Ben Ali – On the Road to Pluralism in Tunisia«: »*Extremisten haben Asyl in traditionellen Demokratien gefunden, wo sie demokratische Freiheiten für ihre Interessen ausnutzen, obwohl sie in ihrer Heimat Verbrechen, auch terroristische, verübt haben. Einige von ihnen, die Mordanschläge und Bombenattentate angeordnet hatten, erhielten dennoch den Status politischer Flüchtlinge. Die Gastländer haben ihnen Aktionsfreiheit gewährt, obwohl es ihre Verpflichtung gewesen wäre, solche Aktivitäten zumindest zu unterbinden. Fast öffentlich können sie sich in illegalen Waffentransaktionen engagieren oder bei der Fälschung von Dokumenten. Tunesien, zum Beispiel, hat den betroffenen Ländern schlüssiges Beweismaterial übergeben, das einige der Betroffenen noch immer in terroristische Anschläge verwickelt sind. Erst jetzt (nach dem 11. September 2001) hat Europa die Gefahren erkannt, die sich aus der Aufnahme von ›Flüchtlingen‹ ergeben, die nicht davor zurückschrecken, sich auch in Europa an Terrorakten zu beteiligen. Dieses Bild zeigt sich nicht nur in Europa. Führer und Sponsoren der terroristischen ›Nahda‹-Bewegung, die enge Beziehungen zur Golf-Region unterhalten, haben ihren ganzen Einfluss eingesetzt, um Tunesien von der Entwicklungshilfe und den Mitteln regionaler finanzieller Institutionen abzuschneiden.*«

Dass die islamischen Fundamentalisten bei ihrem

ersten dramatischen Auftreten in Tunesien nicht auf so fruchtbaren Boden stießen, wie sie vielleicht erhofft hatten, geht auf eine Reihe von Faktoren zurück. Der wichtigste war die jahrhundertealte liberale Tradition des Landes. Die überwältigende Mehrheit der tunesischen Moslems gehört der gemäßigten Richtung der Ibadhiten an, die, wie erwähnt, in der arabischen Welt sonst nur im Golfstaat Oman dominiert und daher von anderen islamischen Strömungen schwer zu beeinflussen ist. Darüber hinaus hatte Tunesien ein eigenes Erziehungssystem, das auf Generationen eingeborener Schullehrer beruhte. Darin lag auch ein wesentlicher Unterschied zwischen dem indirekten Protektoratssystem der französischen Ära und der direkten kolonialen Herrschaft in Algerien. Nachdem es seine Unabhängigkeit erlangt hatte, musste Algerien seine Lehrer »importieren«, vorwiegend aus Ägypten, die mangels genauer Kontrolle zumeist aus den Reihen der radikalen Moslemischen Bruderschaft rekrutiert wurden. In Tunesien dagegen waren die Grundschullehrer sozusagen »Eigenbau« und nicht vom Ausland beeinflusst. Zumindest nicht die meisten.

Das Regime in Tunis war zwar in den letzten Jahren des greisen Staatsgründers einigermaßen erstarrt, aber es hatte nie den Kontakt zur Bevölkerung so sehr verloren wie das Regiment der algerischen Revolutionspartei FLN, das sich überdies unter dem undemokratischen Militärregime des Diktators Huari Boumedienne in eine gigantische selbsterneuernde Sinekure verwandelt hatte.

Letztlich hatte auch der relativ kurze Unabhängigkeitskampf in Tunesien keine so tiefe fremdenfeindliche Stimmung hinterlassen wie der jahrhundertelange Kampf gegen die Franzosen im Nachbarland, der in seinem Endstadium sogar das System der IV. Republik zu Fall brachte und zum Comeback General de Gaulles führte, dessen Bewegung noch heute das politische Leben Frankreichs weitgehend dominiert. Und – last but not least – das von seiner eigenen Unbesiegbarkeit überzeugte FLN-Regime in Algerien hatte das Aufkommen einer rein islamisch dominierten Partei gestattet, während in Tunesien die »Bewegung zur Förderung islamischer Tendenz« und die Gruppe Ghannouchi nie ein ähnliches Stadium erreichen konnten. Wodurch kein »Coup von oben« notwendig war, um einen Wahlsieg der Islamisten zu verhindern, an dessen Folgen Algerien bis heute leidet und der ein trauriges Kapitel in der Geschichte der Maghrebstaaten bildet. Dennoch wird dieses Problem des islamischen Fundamentalismus in Tunesien weiterhin von den zuständigen Stellen mit dem nötigen Ernst verfolgt und entsprechend beobachtet. Der Autor dieses Buches führte zu diesem Thema ein eingehendes Interview mit zwei der führenden Islamexperten in Tunis, dem gegenwärtigen Minister für religiöse Belange und ehemaligen Rektor der islamischen Zeituna-Universität, Jalloul Jribi, und dem Großmufti von Tunis, der in der Hierarchie des Landes die dritthöchste Stellung (nach dem Präsidenten und dem Premierminister) einnimmt. Die Meinungen der beiden waren weitgehend identisch.

Eingangs wandte sich Jribi energisch gegen die gängige Bezeichnung »Fundamentalisten« (Arabisch »Usulin«): »*Er vermittelt den Eindruck, dass es um die Fundamente des Glaubens geht. Diese Art des so genannten ›Fundamentalismus‹ wird jedoch nur von extremistischen Gruppen propagiert. Ich ziehe es daher vor, von Opportunismus und nicht von Fundamentalismus zu sprechen.*« Diese Gruppe, meinte der Islamexperte, zeige keinerlei Verständnis für die Gegenwart oder Zukunft, sondern lebe ausschließlich in der Vergangenheit. Sie neige dazu, alle Interpretationen des Korans zu verwerfen, »außer der eigenen«. Das Besondere an dieser Gruppe sei, dass sie sogar das Töten anderer rechtfertige, nur weil diese anderer Meinung seien als sie selbst: »Wobei ihre Meinung nicht auf Recht oder Unrecht, sondern nur auf der eigenen Meinung basiert.« Den Erfolg der Fundamentalisten in einigen Ländern oder gewissen Bevölkerungsschichten führt der angesehene Gelehrte auf die weit verbreitete Unwissenheit der Öffentlichkeit zurück. Prinzipiell sei der so genannte Fundamentalismus jedoch wie ein Strohfeuer, das rasch um sich greife, aber danach rasch ausgehe – mangels Brennstoff. Sind nun die Fundamentalisten eine echte Gefahr für die etablierten islamischen Regierungen? Der Theologe meint hierzu, man dürfe nicht verallgemeinern. Jeder Fall sei »sui generis«. Viel hänge daher vom sozialen und erzieherischen Umfeld ab: »*Wenn jemand auf die Lage in Algerien anspielt, so muss ich betonen, dass sich diese von jener in unserem Land grundlegend unterscheidet … Algerien hatte eine sehr schwere Last der Vergangenheit zu tragen. Tunesien dagegen hat eine relativ einheitliche Bevölkerungsstruktur. Und auch in die Unabhängigkeit führten uns verschiedene Wege.«* In die gleiche Kerbe schlägt der Großmufti. Es gäbe überhaupt keine Berechtigung für islamistische Parteien. Alle Bürger seien im Rahmen der Verfassung vom Recht her gleich, es ergebe daher keinen Sinn, eine Gruppe vor der anderen mit Vorrechten oder stärkerem Einfluss auszustatten. »Mehr als 90 Prozent der Tunesier sind Moslems. Wer benötigt da eine moslemische Partei?«

Noch schärfer formuliert es Sadok Chaabane: *»Es ist eine Ironie, dass extremistische und fanatische Gruppen die Unterstützung von Menschenrechtsorganisationen genießen, die ausdrücklich gegründet wurden, um den Fanatismus zu bekämpfen … Dabei lehrt die Geschichte, dass sich Fanatismus und Extremismus auch in einem Klima der Demokratie entwickeln können, wenn dort nichts unternommen wird, um ihnen Einhalt zu gebieten. Auf diesem Weg gehen humanitäre Organisationen in eine Falle, ohne der Sache der Menschenrechte zu dienen.«*

Immerhin wurden die Kassandrarufe Tunesiens mit der Zeit von den meisten Anrainerstaaten des Mittelmeers ernst genommen – wenn auch mit beträchtlicher Verspätung. Erst im Jänner 1995 trafen die Innenminister Spaniens, Portugals, Italiens und Frankreichs mit ihren Kollegen aus Algerien und Tunesien zusammen und verabschiedeten die »Deklaration von Tunis«, in der Fanatismus und

Terrorismus verurteilt wurden. Konkrete Schritte wurden allerdings erst nach den dramatischen Ereignissen des 11. September 2001 unternommen. Doch mit diesem Hinweis sind wir wieder einmal der Zeit vorausgeeilt.

10. Kapitel

Der 7. November 1987

Mit der Verurteilung und der anschließenden Ausreise von Rachid Ghannouchi stellten sich wieder Ruhe und Ordnung in Tunesien ein, doch die Art und Weise, wie das Regime die Krise bewältigt hatte, löste eine Reihe von innenpolitischen Konsequenzen aus. Die Mehrheit des tunesischen Establishments hatte sich zu der Ansicht durchgerungen, dass der 83-jährige Bourgiba physisch und psychisch nicht mehr in der Lage sei, die Geschäfte des Landes effektiv durchzuführen – auch bei Berücksichtigung seiner enormen Verdienste in der Vergangenheit. So wurde der Staatsgründer am 7. November 1987 für amtsunfähig erklärt und durch den 51-jährigen Ministerpräsidenten Zine el Abidine Ben Ali ersetzt. Der Wechsel ging sehr zivilisiert über die Bühne. Bourgiba konnte sich in seinen Palast in seiner Geburtsstadt Monastir, südlich von Tunis, zurückziehen und wurde bis zu seinem Tod im Jahre 2000 mit allen Ehren behandelt. Zu politischen Säuberungen, wie bei ähnlichen »Hofübergaben« in anderen arabischen Staaten, kam es nicht.

Ministerpräsident seit 1987: Zine el Abidine Ben Ali

In seiner ersten – im Original übrigens handgeschriebenen – Proklamation würdigte Ben Ali die Verdienste seines Vorgängers: »*Die großen Opfer, welche unser Führer Bourgiba, erster Präsident der tunesischen Republik, zusammen mit anderen für die Befreiung und Entwicklung des Landes gebracht hat, sind zahllos. Deshalb haben wir so viele Jahre unter ihm mit Zuversicht und unter Verzicht auf Eigennutz gearbeitet. Seine beginnende Senilität und die von Medizinern bestätigte Verschlechterung seines Gesundheitszustands haben seine Amtsunfähigkeit klar gemacht. Deshalb haben wir unter Berufung auf Artikel 87 der Verfassung das Amt des Präsidenten und die Führung der Streitkräfte übernommen.*« Der 7. November wurde zum neuen Staatsfeiertag bestimmt, nachdem in jeder größeren Stadt ein Boulevard benannt wurde. Dazu kommt ein »Boulevard d'Environment« (Boulevard der Umwelt), um das Interesse des neuen Staatschefs am Schutz der Umwelt, bisher ein eher vernachlässigtes Thema, zu bekunden. Gleichzeitig verkündete der Präsident die wichtigsten Punkte seines Regierungsprogramms: »*Wir werden die Verfassung novellieren. Unsere Bevölkerung hat einen Grad der Reife erreicht, sodass jeder Bürger seinen Beitrag leisten kann, sodass die Idee einer Präsidentschaft auf Lebenszeit oder eine automatische Verlängerung seiner Amtszeit illusorisch erscheint.*« Ben Ali versprach überdies, ein Gesetz über die Zulassung politischer Parteien neben der Destour-Partei und die Stärkung der Pressefreiheit. Derartige Reformen durften allerdings nicht überhastet, sondern mit der nötigen Vorsicht durchgeführt werden. Die negativen Folgen im benachbarten Algerien sollten in dieser Hinsicht, wie der Politologe Chaabane in einem viel beachteten Kommentar hinwies, als warnendes Beispiel dienen: Folgen – der jahrelange Bürgerkrieg –, die von niemanden übersehen werden konnten.

Wer aber war dieser Zine el Abidine Ben Ali, der an jenem historischen 7. November 1987 die Führung Tunesiens mit fester Hand übernommen hatte? Im Ausland war der ehemalige Berufsoffizier, der sich relativ spät der Politik zugewandt hatte, fast unbekannt. Ben Ali – Jahrgang 1936 – stammte auch nicht, wie die meisten damals bekannteren Politiker seines Landes, aus einem städtischen Milieu – sei es aus Tunis selbst oder den größeren Städten wie Monastir, Sousse oder Sfax –, sondern aus dem kleinen Ort Hammam Sousse in der tunesischen Sahelzone. Trotz seiner einfachen Herkunft engagierte er sich bereits während seiner Mittelschulzeit in Sousse für politische Belange. Er etablierte sich als eine Art Vermittler zwischen der damaligen Neo-Destour-Partei und der radikalen antifranzösischen Untergrundbewegung – was ihn prompt hinter Gitter brachte.

Auch nach seiner Freilassung blieb er für die Protektoratsverwaltung suspekt und wurde vom Studium an allen höheren Schulen ausgeschlossen. Zu seinem Glück zeichnete sich auch das französische Regime – so wie der Gründer der österreichischen Sozialdemokratie, Victor Adler, einmal Österreich-Ungarn als eine Autokratie, gemildert durch Schlamperei, charakterisiert hatte – durch seine Nachlässigkeit aus. So konnte Ben Ali trotz seiner Vergangenheit nach einiger Zeit sein Studium an der Hochschule in Sousse wieder aufnehmen. Die »Staatspartei« hatte inzwischen die außergewöhnlichen Fähigkeiten des jungen Mannes erkannt und ermöglichte ihm nach Erlangung der Unabhängigkeit das Weiterstudium in Frankreich. Er sollte zum Kern der neu gebildeten tunesischen Armee zählen, und dementsprechend inskribierte er an der berühmten französischen Militärakademie von St. Cyr.

Nach Abschluss seines Studiums wechselte er zur prestigereichen Artillerieschule in Chalons sur Marne, danach an die Senior Intelligence School und weiter an die Akademie für Luftabwehr-Artillerie in den Vereinigten Staaten. In Anerkennung seines exzellenten Abschlusses wurde er 1964 – noch nicht einmal 30 Jahre alt – mit der Bildung eines Military Security Departments, einer für den Nachrichtendienst zuständigen Akademie, in seiner Heimat betraut, die er zehn Jahre lange betreute. Im Ausland erwarb Ben Ali überdies ein Diplom als Elektroingenieur, und bis heute bezeichnet er die Computerwissenschaft als sein Lieblingsfeld. »Sie hat mich gelehrt, Logik und Planung im Gegensatz zu Improvisation zur Grundlage meiner Tätigkeit zu machen. Ich höre zu, ich denke nach und erst dann handle ich«, erklärte er einmal einem amerikanischen Reporter. Nach seiner zehnjährigen Tätigkeit als Chef der militärischen Sicherheit folgte ab 1974 ein dreijähriges Zwischenspiel als Militärattaché in Madrid und Rabat, bevor er zum Generaldirektor für Nationale Sicherheit im Verteidigungsministerium avancierte.

1980 kam ein weiterer Berufswechsel. Bourgiba ernannte ihn zum Botschafter in Warschau. In den nächsten vier Jahren erhielt Ben Ali einen guten Einblick in die Arbeit des kommunistischen Systems, das nach außen hin nach wie vor bestrebt war, den Eindruck uneingeschränkter Macht zu vermitteln. Dennoch kehrte der Diplomat mit einem gerüttelten Maß an Skepsis, was die Effizienz des kommunistischen Apparats betraf, in seine Heimat zurück. In seiner Heimat erwartete ihn ein steiler Aufstieg im Staat, zuerst als Generaldirektor, dann als Staatsekretär und schließlich als Ressortchef im Ministerium für Nationale Sicherheit. 1986 wurde der Aufsteiger zum Innenminister ernannt – ein Schlüsselressort in der Regierung jedes arabischen Staates. In dieser Funktion avancierte er auch zum Mitglied des Politbüros der Sozialistischen Destour-Partei und zu deren Vize-Generalsekretär. Am 2. Oktober 1987 wurde er – unter Beibehaltung seiner Positionen als Ressortchef im Innenministerium und seiner Führungsposition in der Staatspartei – zum Premierminister ernannt, einer Funktion, die er nur vier Wochen lang ausfüllen sollte, bevor er, als logischer Nachfolger des für amtsunfähig erklärten Habib Bourgiba, das Steuer des Staatsschiffs übernahm. Dieses Steuerrad hat er seitdem nicht mehr aus der Hand gegeben.

Ben Ali verlor keine Zeit, dem Land seinen Stempel aufzudrücken. Es war jedoch nicht nur sein Re-

Eine jüdische Schule in Djerba

Eine Kamelsafari in der Wüste – der Traum der zahllosen Besucher Tunesiens

gierungsstil, sondern auch seine Persönlichkeit, die sein Amt prägte. Seine charmante Frau, Mutter von drei Kindern, half dem Präsidenten, amerikanisches Flair in der tunesischen Politik zu verbreiten. Bei den folgenden Wahlkampagnen war sie für den Kontakt zu den Frauen des Landes zuständig. Für diese hatte Ben Ali ein neues Erscheinungsbild vorgesehen, das die Tunesierinnen erstmals zu einem Grundpfeiler des Regimes verwandelte. Dazu erklärte ein langjähriger österreichischer Botschafter in Tunis dem Autor: »Ben Ali ist zweifellos der modernste Führer eines arabischen Landes, dessen schlingernde Politik aus der Bourgiba-Ära er wieder auf einen berechenbaren Kurs zurückbrachte.«

Die schwere Niederlage bei den einzigen Wahlen, an denen die Fundamentalisten in Tunesien teilgenommen hatten, löste bei ihnen eine taktische Wende aus. Das Ziel eines Sieges ihrer Bewegung an den Urnen wurde wegen offenkundiger Aussichtslosigkeit aufgegeben. Ghannouchi war nunmehr entschlossen, in London zu bleiben und, nach dem Vorbild seines viel bewunderten Gesinnungsfreundes Ayatollah Khomeini, seinen Kampf um einen Gottesstaat aus dem Ausland weiter zu dirigieren und erst nach einem Sieg in seine Heimat zurückzukehren. Dazu meint der amerikanische Islamexperte Michael Dunn skeptisch: »Tunesien ist nicht der Iran, obwohl Bourgiba einige Fehler des Schahs wiederholte. Der Unterschied ist, dass Ben Ali kein Bourgiba ist.« Überdies blieb Ghannouchis Führungsposition niemals so unumstritten wie jene Khomeinis. So hatte sich ein heftiger Streit zwischen Ghannouchi und seinem Stellvertreter, Abdel Fattah Mourou, entwickelt. Der Politologe Chaabane sieht die Situation allerdings anders. Er meint, Ghannouchi hätte vor seiner Emigration eine Geheimorganisation gegründet, die er wie eine Marionette dirigieren konnte. Er selbst hätte im Exil zwischen Terrorismus und subversiver politischer Agitation geschwankt, je nach der Stimmung in der tunesischen Öffentlichkeit.

Jedenfalls ist es in Tunesien, selbst nach dem Anschlag auf die jüdische Synagoge auf der Insel Djerba, um die Fundamentalisten relativ still geworden, was wahrscheinlich weniger auf eine Mäßigung der Fundamentalisten angesichts des Verbots islamistischer Parteien zurückgeht, als auf die positiven Maßnahmen der Regierung. Es ist überdies zu bemerken, dass auch der Anschlag von Djerba nicht von Einheimischen, sondern von Agenten des El-Kaida-Netzwerks durchgeführt wurde.

Mit der Zeit begann das Programm Ben Alis auch auf dem Sektor der religiösen Aktivitäten, getreu seinen Grundsätzen zum Thema Religionsfreiheit, zu greifen: »Religion in Tunesien ist für alle da und kann nicht von einer Bewegung monopolisiert werden. Moscheen sind Gotteshäuser und nicht Foren für politische Debatten.« Der Staat macht für den religiösen Bereich beträchtliche Summen frei. Er kommt für den Unterhalt und den Neubau von Moscheen sowie für die Besoldung der Prediger auf. Der Präsident hat persönlich dafür gesorgt, dass die islamische Zeituna-Universität in Tunis – die an die Hauptmoschee der

Die Moschee in Tunis

Stadt angeschlossen ist – ihren Rang als älteste (gegründet 774 n. Chr.) und zweitwichtigste theologische Hochschule des Islams nach der rund zweihundert Jahre jüngeren Al-Azhar-Universität in Kairo wiedererlangen konnte. Angesichts der Förderung islamischer Institutionen befürchteten Laizisten in Tunis anfänglich, dass die Fundamentalisten, nun da ihre öffentlichen Auftritte untersagt waren, ihr Augenmerk auf die Studenten der Zeituna richten werden. Bisher haben sich diese Befürchtungen allerdings nicht bestätigt. Tatsächlich hat sich der Charakter Tunesiens als islamisches Land in den letzten zwei Jahrzehnten sogar verstärkt. Erst seit der Wende von 1987 gehören Lesungen aus dem Koran und Gebete zum täglichen Programm der lokalen Radio- und Fernsehstationen, und der islamische Kalender wurde bei der Berechnung (nach der Hedschra Mohammeds von Mekka nach Medina in Jahr 622 n. Chr.) der islamischen Feiertage wieder eingeführt – übrigens ein heikles Unterfangen angesichts der Variationen im islamischen Mondkalender in den verschiedenen Teilen der arabischen Welt.

Auch gegenüber ausländischen Touristen präsentiert Tunesien sein tolerantes Gesicht. In den meisten orientalischen Ländern werden Touristen, besonders weibliche, zur Vorsicht und Zurückhaltung bei Kontakten mit Einheimischen aufgefordert. Die offenherzigen Sitten und die Kleidung der Gäste könnten ungewollt zu Konflikten mit lokalen Bräuchen führen. Das alte Land der Karthager bildet in dieser Hinsicht eine Ausnahme, was potenzielle Reibungsflächen be-

Das jüdische Volksfest in Djerba

trifft. Eine umfassende Studie des tunesischen Instituts für Sozialforschung zeigte, dass nur sechs Prozent der Befragten den anwachsenden Tourismus für störend oder inkompatibel mit lokalen Traditionen empfanden – was ungefähr dem Anteil der Fundamentalisten bei den letzten Wahlen entspricht.

Diese Stimmung innerhalb der öffentlichen Meinung wurde übrigens auch von der Nahda-Bewegung in der letzten Fassung ihres Parteiprogramms von 1989 berücksichtigt. Damals wurde jeder Hinweis auf den Islam gestrichen, die Ideologie der Bewegung blieb indessen unverändert. Nicht zuletzt nachdem die Regierung herausgefunden hatte, dass die Islamisten – gleichzeitig mit ihrem Aufruf als gute Demokraten an den Wahlen teilzunehmen – in Sfax eine Geheimkonferenz abgehalten hatten, bei welcher die bisher gültigen Prinzipien sogar bekräftigt und keineswegs abgeschafft wurden. Diese geheimen Pläne wurden angesichts des Wahlausgangs und der entschlossenen Haltung der Regierung nicht in die Praxis umgesetzt. Auch in einem weiteren Punkt blieb die Regierung hart: Sie weigerte sich konsequent, der Forderung islamischer Gruppierungen nach Einführung der Scharia (der religiösen Gesetzgebung) anstelle des zivilen Rechts nachzugeben. Bedenkt man die negativen Folgen der Einführung der Scharia – vom Sudan bis Nigeria –, so hat sich die Haltung der Regierung im ganzen Ausmaß bestätigt. Trotzdem versuchte die Nahda-Bewegung, unter verschiedenen Tarnnamen neuerlich Fuß zu fassen. Dass dieses Intrigenspiel letztlich erfolglos blieb, hing aber auch mit den Bestrebungen des Kabinetts zur grundlegenden Reform der Destour-Partei zusammen – wobei Ben Ali zweifellos den Niedergang der algerischen Regierungspartei FLN vor Augen hatte.

Verschiedene Persönlichkeiten hatten dem Präsidenten nahe gelegt, eine völlig neue Bewegung ins Leben zu rufen. Der Staatschef bestand jedoch darauf, dass eine Reorganisation oder Revitalisierung der historisch fest verankerten Bewegung möglich sei. Ihm war offensichtlich klar, dass keine weitere Zeit verloren werden dürfe. Bereits einige Monate nach der Wende hatte er ein Team dynamischer – und unverbrauchter – jüngerer Kräfte im Politbüro der Destour-Partei mit dem Auftrag einberufen, die Organisation durch neues Blut zu beleben, ohne gleichzeitig auf die Erfahrungen jener älteren Politiker zu verzichten, die sich trotz widriger Umstände in den letzten Jahren der Bourgiba-Ära bewährt hatten. Auf niedrigerer Ebene wurden nach amerikanischem Muster etliche »Think-Tanks« ins Leben gerufen, um dem »Chef« bei der Modernisierung der Parteiideologie zu assistieren. Damit nicht genug: Nachdem verschiedene Konzepte ausgearbeitet worden waren, trommelte Ben Ali im Juli 1988 eine große »Nationale Rettungskonferenz« zusammen. Ihr erster Beschluss war die Verleihung eines neuen Parteinamens, des vierten, nämlich Demokratische Verfassungs-(Destour-)Sammlung (RDD). Auf die Bezeichnung »Destour« wollte niemand verzichten, die Bezeichnung »sozialistisch« aus der Bourgiba-Ära fiel dagegen unter den Tisch – mit welcher die

Mehrheit der Tunesier, um es salopp zu formulieren, niemals »viel auf dem Hut gehabt hatte«. Dieser Verzicht stand auch im Einklang mit den vom Präsidenten geplanten wirtschaftlichen Reformen, mit denen sich dieses Buch noch näher befassen wird.

In seiner programmatischen Rede vor der Konferenz erläuterte Ben Ali seinen Standpunkt zur Wende in der Parteienlandschaft: *»Die Demokratische Verfassungssammlung ist die Erbin der Destour-Partei, welche während der letzten 70 Jahre den Kampf des tunesischen Volks geführt hat und jetzt die Verantwortung dafür übernimmt, den Übergang zu Demokratie und Pluralismus erfolgreich durchzuführen. Wir haben uns für das Prinzip des Wandels durch Kontinuität entschieden. Die Sammlung ist die Partei des Präsidenten und die Partei des Wandels.«* Die legale Opposition reagierte vorerst kritisch, entschied sich aber nach eingehenden Debatten, die Vorteile zu nutzen, die ihr durch das neue Wahlgesetz eingeräumt wurden, das ihr 20 Prozent der Parlamentssitze zusprach. Überdies konnte jede Partei, die im Parlament vertreten war, einen eigenen Präsidentschaftskandidaten aufstellen. Zu jenem Zeitpunkt blieb dieses Zugeständnis rein akademisch; die kleinen Parteien haben bis heute keine Kandidaten für das höchste Staatsamt aufgestellt. Auch die 20-Prozent-Klausel scheint für westliche Begriffe diskriminierend, wobei jedoch berücksichtigt werden muss, dass diese Gruppen andernfalls überhaupt nicht in der Nationalversammlung vertreten wären und sie inzwischen ihre neuen Möglichkeiten sehr wohl maximal ausnutzen.

Angesichts des Nachdrucks, mit dem der Präsident für das Prinzip des politischen Pluralismus eintritt, hören es die führenden Köpfe der RDD nicht gerne, wenn ihre Gruppierung als »Staats«- oder »Regierungspartei« apostrophiert wird. Sie betrachten sich in ihrer Eigendefinition lieber als Vertreter der »staatstragenden Partei« oder »Partei des Präsidenten«. Wenngleich sich dieser lieber als »Vater aller Tunesier« sieht, der darauf Wert legt, über den politischen Parteien zu stehen.

Zu berücksichtigen ist, dass der Begriff einer pluralistischen Gesellschaftsstruktur nur zu den wenigsten arabischen Staaten wie Ägypten oder dem Libanon durchgedrungen ist, die in der Praxis weiter von einer einzigen politischen Kraft regiert werden. Bei genauerer Betrachtung erweist sich die Meinung vom Ein-Parteien-Staat, zumindest was Tunesien betrifft, als irreführend. Wenngleich die kleineren Parteien bei den letzten Wahlen »keine Bäume ausrissen«, waren bei diesem Urnengang fast eben so viele Listen registriert wie in den meisten europäischen Staaten. Die Hauptkritik des Führers der »Sozialistischen Sammlung«, der »Größten unter den Kleinen«, Boulahya, bezog sich auf die Tatsache, dass man seiner Gruppe ungenügend Zeit im Fernsehen zugeteilt hätte. Natürlich gibt es auch Parteien, die sich in der Grauzone zwischen Legalität und Illegalität bewegen und deren Stärke sich daher schwer abschätzen lässt: Zum Beispiel die getarnten Nachfolger der fundamentalistischen Nahda-Bewegung oder die Kommunistische Partei Tunesiens, die bereits in den zwanziger Jahren unter dem Protektorat als »tunesische Sektion der Kommunistischen Partei Frankreichs« gegründet worden war. Im Untergrund hatten diese und andere Gruppen Strukturen geschaffen und Taktiken verfeinert, denen mit reinen Polizeimitteln schwer beizukommen war.

Auch nach der Wende von 1987 brauchte es einige Zeit, bis jene Gruppen ohne umstürzlerische Tendenzen erkannten, dass es Ben Ali mit seinem Ruf nach politischem Pluralismus ernst gemeint hatte. Die Grundlage dafür lieferte das bereits erwähnte neue Parteiengesetz von 1988, das der Anmeldung neuer Parteien eine gesetzliche Basis verlieh und damit den Pluralismus irreversibel verankerte. Danach sprossen Parteien reihenweise aus dem Boden, ohne dass sich die oft selbsternannten Führer die Zeit genommen hätten, neben Parolen auch konkrete Zielvorstellungen zu formulieren. Die Kommunisten bildeten mit ihrem Netzwerk internationaler Beziehungen in dieser Hinsicht eine Ausnahme. Sie hatten, dem erfolglosen Beispiel der Nahda-Gruppe bei den ersten Wahlen folgend, beim anschließenden Urnengang 1989 eine Reihe quasi-unabhängiger Kandidaten aufgestellt, die eine Mehrheit im Wahlkreis Chebba und einen Achtungserfolg in Zeramdine erzielten. Durch diese Ergebnisse bestärkt, wollten die Kommunisten beim nächsten Volksentscheid vollends in die legale Politik übersiedeln und nahmen die Bezeichnung Erneuerungspartei an – ein Schritt, der nicht einer gewissen Symbolik entbehrte, da sich die meisten Parteien des Ostblocks nach der großen Wende ebenfalls »Erneuerer« nannten und sich neue Parteiprogramme zulegten. Damit war der Appetit der Möchtegernpolitiker Tunesiens noch nicht gestillt. Innerhalb kurzer Zeit hatten vier weitere Parteien, die sich vage zum »demokratischen Sozialismus« bekannten, um Lizenzen angesucht und diese auch erhalten: die Progressive Sozialistische Sammlung, die Vereinigte Demokratische Union, die Sozialdemokratische Bewegung und die Vereinigte Volkspartei.

Angesichts ihrer totalen Aufsplitterung wurde es den frisch gebackenen »Parteiführern« alsbald klar, dass sie sich auf dem gewählten Weg nie zu einer ernst zu nehmenden politischen Kraft entwickeln würden. Also schlossen sich 1995 zwei der neuen Parteien mit der kommunistischen Erneuerungsbewegung zusammen – ohne dass es ihnen dadurch gelungen wäre, auch nur annähernd eine Alternative neben Ben Alis Partei zu bilden. Wahrscheinlich wären sie schon längst von der politischen Bühne verschwunden, würde sich der Präsident nicht immer wieder für den Pluralismus einsetzen – mit dem Argument, es dürfe sich kein Vakuum neben der Destour-Bewegung bilden, in welches sich radikale Gruppen, sei es auf der Rechten oder Linken, hineinschwindeln könnten.

Der Ordnung halber muss festgestellt werden, dass die Liste der genannten Parteien keinen Anspruch auf Vollständigkeit erhebt. Die meisten politischen Gruppen bringen eigene Zeitschriften heraus. In die Tagespresse – sei es die arabische oder die französische – haben sie es noch nicht geschafft: Die seriösen Tageszeitungen verfolgen entweder den Kurs der Regierung oder deklarieren sich als »unabhängig«, das heißt im Sinne ihrer privaten Herausgeber und Chefredakteure. Unter den quasi-unabhängigen Journalisten befinden sich etliche »bunte Vögel«, die gerne mit Nadelstichen auf die Regierung einwirken. In der Bourgiba-Ära wären sie längst von der Szene verschwunden, doch das heutige Regime lässt sich nicht provozieren, solange die Grenze zur Subversion nicht überschritten wird. Dreimal hintereinander wurden die Rechte der Journalisten in einem Presse-Kodex sukzessive festgelegt und erweitert. Diese Gesetze schützen Reporter im Allgemeinen vor politischen Repressionen und geben ihnen die nötige rechtliche Sicherheit, wobei der Status der »politischen Presse« ausdrücklich festgelegt wird. Jedenfalls ist die tunesische Bevölkerung, sofern sie an politischen oder internationalen Ereignissen interessiert ist, mit Nachrichten wohl versorgt. Fernsehstationen aus arabischen und anderen Ländern können flächendeckend empfangen werden. Natürlich lässt sich die Vielfalt der Presse nicht mit jener europäischer Länder vergleichen. Nach nordafrikanischen Maßstäben gemessen, schneidet Tunesiens aber recht gut ab.

Angesehene tunesische Persönlichkeiten bestreiten die Vorwürfe, welche Sprecher der so genannten »illegalen« Parteien gegen die Regierung richten – mit Vorliebe über Dissidenten, die sich aus verschiedenen Gründen ins Ausland »abgesetzt« haben –, wobei es sich sowohl um Ultralinke aus dem Umfeld der Kommunistischen Partei als auch um Fundamentalisten handelt. Viele dieser Gruppen aus der Grauzone müssten sich nur um Registrierung als politische Parteien bemühen, um diese zu erhalten. Sie lehnen dies jedoch ab, weil sie die Legalität der Regierung nicht akzeptieren wollen. Ihre Führer geben sich gerne als »Verfolgte« aus, die jedoch nur dann mit Sanktionen zu rechnen haben, wenn sie gegen die sehr großzügige Verfassung verstoßen oder Pressegesetze verletzen, die jedenfalls wesentlich liberaler formuliert sind als in anderen nordafrikanischen oder arabischen Ländern. Gerade der Anspruch auf das Attribut »Verfolgte« macht sie aber im Ausland interessant. Aus diesem Grund werden mit Vorliebe Emissäre nach Europa ausgesandt – zumeist Verwandte angeblicher Dissidenten –, die dort Brandreden gegen die tunesische Regierung halten, dann aber nach Tunesien zurückkehren, wo sie fast immer ungeschoren bleiben, weil die Behörden klugerweise keine selbsternannten Märtyrer schaffen wollen. Kritiker operieren mit dem Slogan »Wer ein Verfolgter ist, bestimmen wir«. So konnten sich etwa 2001 intellektuelle Oppositionelle in einem Bündnis zusammenschließen, das die Trennung vom Staat und der dominierenden Regierungspartei sowie eine Generalamnestie forderte. Zweifellos eine Utopie angesichts der weltweiten Gefahr des Terrorismus, nicht zuletzt im Gefolge der Ereignisse vom 11. September und anderer Terroranschläge. Die Initiatoren des Appells in Tunesien blieben übrigens unbehelligt und selbst nach dem Attentat von Djerba gab es nichts, was als »Verhaftungswelle« beschrieben werden könnte.

Zu den Präsidentschaftswahlen von 1999 war der Autor dieses Buches als Beobachter eingeladen – zusammen mit Dutzenden anderer Medienvertreter und ausländischen Politikern. Der Präsident wurde mit einer Mehrheit von 97 Prozent gewählt und Vertreter von vier Parteien zogen neben der Destour ins Parlament ein. Das Ergebnis – 97 Prozent – erweckte unter den ausländischen Beobachtern, auch den Unvoreingenommenen, natürlich gemischte Gefühle, man muss aber in einem nordafrikanischen oder arabischen Land das Umfeld berücksichtigen – sofern es sich überhaupt um Republiken und nicht um Monarchien ohne Alternativkandidaten handelt. Es ist selbstverständlich, dass das Wahlvolk dort für jenen Kandidaten stimmt, der schon a priori als Sieger angesehen wird. Wahlen mit unsicherem Ausgang würden entweder schon im Vorfeld zu Unruhen führen oder im Nachhinein zu gegenseitigen Beschuldigungen. So geschieht es nicht nur in Entwicklungsländern, sondern auch in Schwellenstaaten. Vielleicht wird es in etlichen Jahren anders sein.

Dabei war die letzte Liberalisierung der Wahl- und Parteiengesetze nur ein weiterer Schritt bei den Reformen, die Tunesien bisher unbeschadet vom 20. ins 21. Jahrhundert geführt haben. Seitdem sind immerhin schon vier Jahre vergangen. Unter diesen Umständen hatten Regimekritiker wenige Ansatzpunkte für effektive Kritik. Lediglich die alte Bestimmung aus dem Wendejahr 1987 sorgte für Unsicherheit, wonach ein Präsident nur einmal und nicht mehrmals wieder gewählt werden konnte – ein Paragraf, der seinerzeit einfach aus der US-Verfassung übernommen wurde. (Eine ebensolche Bestimmung ist zum Beispiel in Österreich in Kraft.) Als das Ende der zweiten Amtszeit nahte, war allen Beteiligten klar, dass Ben Ali zum gegenwärtigen Zeitpunkt schlicht und einfach unersetzbar war. Man konnte vielleicht den Lokomotivführer eines modernen Eisenbahnzugs oder den Piloten eines Flugzeuges mit Autopilot während der Fahrt austauschen, nicht aber den Steuermann eines Schiffes während eines Sturms. Und der Sturm, der die internationale Politik in den ersten Jahren unseres Jahrtausends bewegte, hatte sich noch lange nicht gelegt. So wurde die Verfassung im Jahr 2002 geändert, womit weitere Kandidaturen Ben Alis ermöglicht wurden. Eine entsprechende Novelle würde überdies bei einer Volksabstimmung mit überwältigender Mehrheit bestätigt werden. Gleichzeitig wurde eine weitere Verfassungsnovelle angenommen, die das Prozedere bei künftigen Präsidentschaftswahlen regelte. Danach sollten Wahlen für das höchste Staatsamt festgelegt werden: Jede im Parlament vertretene Partei sollte das Recht haben, einen eigenen Kandidaten aufzustellen. Damit sollten Wahlen mit nur einem Kandidaten tunlichst vermieden werden.

Darüber hinaus wurde das aktive Wahlrecht wesentlich erweitert. Da in Tunesien ein eigenes Staatsbürgerschaftsgesetz erst nach der Unabhängigkeit verabschiedet worden war, seitdem aber viele Zuwanderer aus benachbarten Staaten ins Land gekommen und aufgrund der alten patriarchalischen Tradition nur Kinder eines tunesischen Vaters wahlberechtigt waren, fielen tausende Einwohner sozusagen »durch den Rost«. Nach der neuen Regelung wurden auch Kinder tunesischer Mütter wahlberechtigt, was gleichzeitig zu einer Aufwertung der Position der Frau in Tunesien führte.

Dies führt uns zu einer wichtigen, wenn nicht der wichtigsten Errungenschaft der Ära Ben Ali, den Rechten der Frau. Hierbei konnte die Regierung bereits auf ein solides Fundament aus der Ära Bourgiba zurückgreifen. Mit seinen Dekreten hatte der Staatsgründer die rechtliche Gleichstellung der Frau zumindest auf dem Papier festgeschrieben. Als erster Schritt wurde die Polygamie, das sichtbare Symbol der Überlegenheit des Mannes, abgeschafft. Bourgiba zeichnete auch dafür verantwortlich, dass Frauen nicht mehr zur Ehe gezwungen werden konnten, und widersetzte sich den Bestrebungen konservativer Kreise, das Mindestalter von Frauen und Mädchen bei der Eheschließung, das er selbst eingeführt hatte, herabzusetzen. Damit erfüllte er eine der wesentlichen Forderungen der bereits 1956 gegründeten Union tunesischer Frauen (UNFT). Diese hatte sofort nach Erlangung der Unabhängigkeit einen umfangreichen Katalog von notwendigen Änderungen ausgearbeitet, der damals von vielen Zeitgenossen als zu hoch gesteckt, wenn nicht utopisch angesehen wurde. Darin wurden sechs Forderungen Priorität eingeräumt:

1. Eliminierung aller Formen der Diskriminierung der Frau
2. Ausarbeitung einer Strategie zur Integration der Frau
3. Erleichterungen für Frauen bei der Gewährung von Krediten
4. Einbau der Frauen in Entscheidungsprozesse des Landes
5. Konsolidierung des Frauenanteils im Erziehungs- und Bildungsprozess, besonders beim Kampf gegen Analphabetismus
6. Verstärkung der Beziehungen zwischen der UNFT und internationalen Frauenorganisationen

In den folgenden Jahren konnte die UNFT nicht alle ihre Forderungen durchsetzen, aber sich zur wichtigsten Lobby für die Gleichstellung der Frauen entwickeln. Ihre Beschwerden richteten sich in der Ära Ben Ali vorerst gegen die Tatsache, dass die Reformen der Bourgiba-Ära nicht weit genug gegangen und überdies die Durchführung der erlassenen Gesetze hinter den Erwartungen zurückgeblieben waren, sodass sich ein beträchtlicher Nachholbedarf gebildet hatte. »Mitte der achtziger Jahre waren wir praktisch am Ende«, meinte dazu Alyssa Farouk, die wichtigste Frauenrechtlerin des Landes, die sich heftig gegen die Bezeichnung »Emanze« wendet. »Was ich tue, tue ich nicht als Frau«, erklärte sie dem Autor, »sondern als Bürgerin Tunesiens.«

Die Wende kam schlagartig mit der Wahl Ben Alis zum Präsidenten. Ein großer Teil, wenn auch noch nicht alle der sechs Forderungen der Frauen wurden inzwischen erfüllt. Der Anteil der Frauen im mittleren und höheren staatlichen Dienst – zuvor einer dünnen Schicht von Maturantinnen vorbehalten – ist inzwischen geradezu dramatisch angestiegen, ebenso jener der Frauen in Management-Positionen, wiewohl er noch immer unter dem europäischen oder amerikanischen Niveau liegt. In diesem sowie in vielen anderen Bereichen wurden die materiellen Grundbedingungen der Frauen verbessert.

Im Gegensatz zum benachbarten Libyen mit seinen Frauen-Regimentern hat Tunesien die Bildung von weiblichen Militäreinheiten niemals erwogen. Dennoch gehören Frauen in Uniform zum Bild des täglichen Lebens – etwa bei der Polizei oder anderen Teilen der Exekutive. Männlichen Autofahrern, zum Beispiel, mochte es anfangs ungewöhnlich vorkommen, von einer Polizistin dirigiert oder gar wegen eines Verkehrsvergehens abgemahnt oder bestraft zu werden. Inzwischen haben sie sich daran gewöhnt.

In einem Punkt sind Frauen allerdings immer noch den Männern unterlegen. Ein Moslem in Tunesien kann eine Andersgläubige ohne weiteres ehelichen – was in der Praxis häufig passiert, angesichts der vielen Tunesier, die im nichtmoslemischen Ausland ohne Familie arbeiten oder studieren. Einer Moslemin in Tunesien ist es jedoch nicht gestattet, einen Andersgläubigen zu heiraten. Erst muss dieser zum Islam konvertieren, was jedoch nicht schwer ist.

Moderne Tunesierinnen

Diese offenkundige Ungleichheit hat indes einen in der Tradition verankerten schwer wiegenden Grund: Sie würde nämlich explizit gegen ein Gebot des Koran verstoßen. Selbst nach der Einführung der Zivilehe kann ein Nicht-Moslem keine Moslemin vor dem Standesbeamten heiraten. Allerdings kann diese Diskriminierung durch eine Ehe im Ausland umgangen werden, die dann auch in der Heimat offiziell, aber nicht religiös anerkannt wird.

In einem anderen Bereich bleiben die Rechte der Frau ebenfalls eingeschränkt: beim Erbschaftsrecht. Dabei geht es nicht um die Rechte der Ehefrauen – Vater und Mutter sind gleichgestellt –, wohl aber stehen die Töchter hinter den Söhnen zurück. Auch das hat einen verständlichen, in der Tradition verankerten Grund. Seit Jahrhunderten ist es Sitte, dass eine Tochter nach ihrer Eheschließung zu ihrem Mann oder dessen Familie übersiedelt und dadurch aus dem eigenen Familienverband ausscheidet. Die Söhne dagegen bringen ihre Ehefrauen zu sich. Was das Erbe betrifft, schien es also fair, dass die Geschlechter unterschiedlich behandelt werden.

Die Gleichstellung der Frau ist für die Regierung auch politisch wichtig: nämlich im Kampf gegen die Fundamentalisten. Die Frauen würden bei einem Übergang zu einem Gottesstaat ihre schwer erkämpften Rechte wieder verlieren. Sie sind daher gegenüber den Sirenenrufen der Prediger immun, während sich Männer – besonders die Ungebildeten und jene ohne Zukunftsperspektiven – verführen lassen. Seit 2002 sitzen sechs Frauen in der Regierung, wo das Frauen- und Familienministerium in ihre Kompetenz fällt. Dazu die Politikerin Chedlia Boukhnina im Gespräch mit dem Autor: »In den 17 Jahren seit 1987 haben wir bedeutende Fortschritte gemacht. Es wäre aber vermessen zu behaupten, dass wir alle unsere Ziele bereits erreicht haben.«

Eine weitere Position, in der sich eine tunesische Frau durchgesetzt hat, ist die Institution des »Ombudsmannes«, obwohl man in diesem Fall eigentlich von einer »Ombudsfrau« reden müsste. Tunesien ist das einzige arabische Land, in dem es dieses »Schiedsrichteramt« gibt, das jenem des europäischen Volksanwaltes entspricht. Wohl wurde eine derartige Position des Verteidigers oder Vermittlers bei Konflikten zwischen Bürgern und den Behörden in Algerien geschaffen, der Ombudsmann wurde aber nie ernannt. In Mauretanien fungiert der Staatspräsident als Ombudsmann, was nicht wirklich das Gleiche ist.

Nicht zufällig ist die Chefin der tunesischen Institution Alyssa Farouk, Frauenrechtlerin aus Überzeugung und Mitglied des Politbüros der Destour-Partei, eine der wenigen tunesischen Persönlichkeiten, die perfekt deutsch sprechen. Madame Farouk ist, wie sich der Autor bei einem Besuch in ihrem Büro überzeugen konnte, eine äußerst resolute Dame, die überzeugend betont, dass sie ihr hohes Amt nicht als politische Funktion betrachtet, sondern entschlossen ist, ihre Unabhängigkeit zu bewahren. Niemand würde ihre Durchsetzungsfähigkeit anzweifeln. Die Arbeitsweise der Volksanwaltschaft in Tunesien funktioniert ähnlich wie jene derartiger Institutionen in Europa. Das Amt hat drei Außenstellen, in denen jeweils einer der Vertreter von Frau Farouk amtiert. Für die nähere Zukunft sind 24 weitere örtliche Beschwerdestellen geplant. Nachdem die »Ombudsmänner« anfallende Beschwerden – ähnlich wie ein Untersuchungsrichter – geprüft haben, wird der Bürger von den Ergebnissen informiert. Allein im Vorjahr sprachen Dutzende Bürger in den Büros vor. In 97 Prozent der bisher dem Amt gemeldeten Fälle gab es eine offizielle Stellungnahme, in 65 Prozent fiel sie zugunsten des Beschwerdeführers aus und wurde an die zuständigen Stellen weitergeleitet. Von Madame Farouks Wirken wird die Öffentlichkeit – auch außerhalb Tunesiens – sicher noch weiter hören.

11. Kapitel

Tunesien 2004

Das Jahr 2004 begann in Tunesien in der gleichen positiven Stimmung, in der das vorhergegangene geendet hatte: im Zeichen eines wiedergewonnenen Optimismus. Diese Einstellung hatte die nordafrikanische Region, nach etlichen Jahren, in denen negative Ereignisse dominierten, dringend nötig.

Zu Jahresende 2003 und in den ersten Monaten 2004 rückte eine ganze Reihe internationaler Großereignisse Tunesien ins Rampenlicht der regionalen, wenn nicht weltpolitischen Szene: die Gipfelkonferenz der Staats- und Regierungschefs der Region des westlichen Mittelmeeres, eine entscheidende Tagung des höchsten Gremiums der Arabischen Liga und last but not least, auf einer ganz anderen Ebene, aber nichtsdestoweniger von der Bevölkerung des Kontinents beachtet, die Endrunde des wichtigsten Fußballturniers Afrikas.

Die Gipfelkonferenz aller Anrainerstaaten des westlichen Mittelmeerraumes (einschließlich der nahen Nachbarn Portugal und Mauretanien) fand auf

Einladung des tunesischen Präsidenten Zine el Abidine Ben Ali in der Hauptstadt des Landes statt: mit jeweils fünf Staats- oder Regierungschefs Nordafrikas und der europäischen Staaten des westlichen Mittelmeerraumes. Noch nie in seiner langen Geschichte hatte Tunesien eine ähnlich illustre Runde von Staatsmännern als Gastgeber begrüßen dürfen. Und weil mediterrane Staaten eine Vorliebe für »klingende« Bezeichnungen haben, nannten sie die Tagung »Konferenz der Fünf plus Fünf für den internationalen Dialog«. Die Anwesenheit des Präsidenten der Kommission der Europäischen Union sowie des Generalsekretärs der Union der Maghrebstaaten verlieh der Versammlung zusätzliche Bedeutung.

Schon im Vorfeld der Konferenz im Dezember 2003 hatten die Organisatoren die wesentlichen Punkte einer gemeinsamen Charta auf die Tagesordnung gesetzt:

1. ein Bekenntnis zur Förderung des Dialogs und zu vertrauensbildenden Maßnahmen sowie zur Erweiterung der Europäischen Union
2. gemeinsame Maßnahmen im Kampf gegen den Terrorismus, den Drogenhandel und die internationale Kriminalität
3. die Stärkung des Dialogs zwischen den Kulturen und Zivilisationen
4. die Intensivierung des politischen Dialogs
5. die Fortsetzung der internationalen Gespräche in existierenden und neu zu schaffenden Gremien
6. die Verstärkung bi- und multilateraler regionaler Konferenzen

7. die Zusammenarbeit unter den Teilnehmerstaaten im sozialen und humanitären Bereich

In seiner programmatischen Rede unterstrich Präsident Ben Ali die Bedeutung der mediterranen Region auf der weltpolitischen Bühne. Daher sei es ein Gebot der Stunde, der Partnerschaft und Solidarität unter den Staaten Priorität einzuräumen. Ziel Tunesiens sei es, die bestehende Maghreb-Union zu stärken, mit der Hoffnung, dass die Europäische Union als Partner mithelfen würde. Hierbei stelle die Erweiterung der EU ein wichtiges Element dar. Der Präsident kam auch auf das beträchtliche Anwachsen der Migration über das Mittelmeer hinweg zu sprechen und forderte Maßnahmen zur Förderung des Lebensstandards unterentwickelter Regionen, um dadurch den Auswanderungsdrang zu reduzieren. Andererseits seien auch Schritte notwendig, um die Lebensbedingungen nordafrikanischer Emigranten, die sich bereits in Europa befänden, zu verbessern. »Hoffentlich wird es möglich sein, schon beim nächsten Gipfel konkrete Resultate zu vermerken. Wir jedenfalls werden alles in unserer Macht Stehende in dieser Hinsicht tun.«

Großes Interesse erregte naturgemäß die Schlussrede des französischen Präsidenten Jacques Chirac, dem sich die höchste Aufmerksamkeit, zumindest der zahlreichen Medienvertreter, zuwandte. Dieser lobte nicht nur die perfekte Organisation der Konferenz, sondern auch das positive Klima. Dieses hätte zu den bemerkenswerten Ergebnissen beigetragen –

insbesondere in punkto Sicherheit und internationale Zusammenarbeit. Die Tagung hätte die Ziele, die sie sich gesetzt hatte, erreicht. Dieser viel versprechende Beginn würde bei den folgenden Konferenzen der »Fünf plus Fünf« genutzt werden. Das Wichtigste sei aber, dass ein Grundstein für künftige Zusammenarbeit nicht nur unter den Ländern des westlichen Mittelmeeres, sondern auch mit den Staaten der EU gelegt worden sei.

Das Ereignis jedoch, das sowohl unter den Tunesiern als auch unter den Afrikanern im Allgemeinen wahre Stürme der Begeisterung auslöste, war die Endrunde im Afrika-Pokal der Fußballer, die in der zweiten Jännerhälfte stattfand. Die Spiele konnten über das Fernsehen weltweit verfolgt werden. Der Vergleich zwischen diesem sportlichen Großereignis und der internationalen Gipfelkonferenz mag vermessen erscheinen. Das ist jedoch ein Trugschluss: Die Tunesier, wie die Millionen Afrikaner, waren schon immer Fußball-begeistert, besonders nach ihrem ehrenhaften Abschneiden bei der letzten Weltmeisterschaft, bei der sie den hochnäsigen »Fußballgroßmächten« Europas und Lateinamerikas das Fürchten lehrten. Der Sieg der Heimmannschaft machte die Begeisterung perfekt. Dass dieses bedeutendste sportliche Ereignis des afrikanischen Kontinents an Tunesien vergeben wurde, war eine Bestätigung, nicht nur der sportlichen Fähigkeiten der Fußballer des Gastlandes, sondern auch der organisatorischen Fähigkeiten Tunesiens, welche sie bei der Abhaltung der olympischen Spiele des Mittelmeerraumes vor einigen Jahren bereits bewiesen hatten.

Um einen repräsentativen Ablauf der sportlichen Veranstaltungen zu garantieren, hatte die tunesische Regierung tief in die kargen Reserven ihres Budgets gegriffen. Sieben Stadien wurden renoviert, erweitert oder neu errichtet – das größte für das Endspiel in Tunis selbst, mit einem Fassungsraum für 60 000 Zuschauer, etwa doppelt so viele wie im Wiener Stadion. Aber das nur nebenbei.

Natürlich barg eine Sportveranstaltung dieses Ausmaßes ein enormes Sicherheitsrisiko, notabene in Nordafrika. Dabei ging es nicht nur um das bei Massenveranstaltungen größere Terrorismusrisiko, sondern auch um die bei Fußballmatches so häufig brutal auftretenden Hooligans. Beide Probleme traten in Tunesien nicht auf. Die einzelnen Matches wurden über das ganze Land verteilt, sodass selbst Bewohner Südtunesiens in den Genuss kamen, die prickelnde Atmosphäre internationaler Fußballspiele mitzuerleben. Übrigens: Die Eintrittspreise der Stadien lagen tiefer als bei ähnlichen Großereignissen anderswo. Jedenfalls hat der reibungslose Ablauf der Spiele viel dazu beigetragen, um Tunesien als Gastland für zukünftige Massenveranstaltungen zu empfehlen.

Während die Tunesier noch über den Afrika-Cup jubelten, wurden bereits die Fahnenmaste für das nächste internationale Großereignis aufgestellt. Den zweiten Höhepunkt des Veranstaltungsjahres bildete im Mai die Tagung des höchsten Gremiums der Staaten der Arabischen Liga. Dabei wurden kritischere Fragen aufgeworfen als bei der Mittelmeertagung, bei der schon von Anfang an prinzipielle Einstimmigkeit unter den Teilnehmerstaaten bestanden hatte. Bei der Tagung der Liga unterstrich Tunesien, dass es weiter hoffe, einen Mittelweg zu finden, zwischen den so genannten gemäßigten und radikalen Mitgliedern der Liga, sowohl untereinander als auch in internationalen Fragen. Anlass zu diesem Optimismus gaben die vorhergegangenen Erklärungen des libyschen Revolutionsführers Muammar Gaddafi, der einen Kurswechsel sowohl auf der regionalen als auch auf der internationalen Bühne angedeutet hatte.

Es würde den Rahmen dieses Buches sprengen, auf weitere Großveranstaltungen in Tunesien im Jahr 2004 hinzuweisen. Begnügen wir uns mit der Feststellung, dass das Land über den politischen Status und über die administrativen Fähigkeiten verfügt, um als Bühne für derartige »Events« zu fungieren. Natürlich gibt es auf dem Weg, den Tunesien gewählt hat, keine Straßenkarten oder Warnschilder. Tatsächlich geht es nicht nur um den Weg, sondern auch um das Ziel. Die Ziele sind klar, aber auf dem Weg gibt es viele Gabelungen. Tunesien, seine Führer und sein Volk werden diesen Weg – soweit es ihn als kleines Land bestimmen kann – selbst wählen, wenn man ihnen diese Wahl überlässt, denn im Zeitalter der Globalisierung hängen viele Faktoren aneinander.

Der Autor dieses Buches hat Tunesien nun so oft besucht, dass er sich als »Ibn el Balad« – Sohn des

Landes – und fast zu Hause fühlt. Obwohl dieses Land mit natürlichen Ressourcen nur spärlich gesegnet und vor Problemen nicht gefeit ist, wird der Gast, wenn er gewillt ist, hinter die Kulissen zu blicken, nie mit Misstrauen oder Zukunftsängsten konfrontiert. Davon kann sich der Besucher, der auch ein kritischer Beobachter ist, jederzeit überzeugen, sofern er, wenn schon nicht des Arabischen, des Französischen mächtig ist. Den Blick in die Zukunft überlässt der Autor jedoch im nächsten Kapitel dem Kompetentesten – Tunesiens Steuermann Zine el Abidine Ben Ali.

12. *Kapitel*

Die Vision eines Präsidenten

In seinem ersten offiziellen Interview mit einem Korrespondenten bzw. Schriftsteller aus dem deutschsprachigen Raum fasste Präsident Zine el Abidine Ben Ali im Gespräch mit dem Autor seine Zukunftspläne zusammen:

Meysels: *Zu Beginn Ihrer Präsidentschaft haben Sie ein Zukunftsprogramm für Tunesien entworfen. Wie weit sind Sie mit dessen Umsetzung gekommen?*

Ben Ali: Ich möchte zuallererst betonen, dass wir in Tunesien einen Weg eingeschlagen haben, der es vermeidet, einen Bereich, ob den wirtschaftlichen oder den sozialen oder auch den politischen, auf Kosten der anderen zu begünstigen, sondern der die Übereinstimmung zwischen den drei Bereichen sucht und der auf das Prinzip der komplementären Ergänzung und des ausgeglichenen Ganzen baut. Wir haben uns auf eine Strategie festgelegt, die Wirtschaftsreformen und Sozialreformen harmonisiert, und zwar im Einklang mit der Entwicklung auf der Ebene des Kulturellen und Politischen und im Hinblick auf den Fortschritt des Demokratisierungsprozesses. Alles unter genauer Berücksichtigung der inländischen Gegebenheiten und Veränderungen, die sich aus der Globalisierung ergeben.

Insofern kennzeichnet sich das Zukunftsprogramm, das Sie angesprochen haben, dadurch, dass es, abgesehen von den eingebetteten neuen, ehrgeizigen Entwicklungszielen und von der zentralen Stellung der wirtschafts- und sozialpolitischen Aspekte, dem politischen Bereich, den Freiheiten und den Menschenrechten einen nicht minder wichtigen Platz einräumt. Das bedeutet, dass wir unserer Politik, die auf dem Ausgleich zwischen den wirtschaftlichen, sozialen und politischen Bereichen und deren gegenseitiger Verzahnung fußt, nach wie vor treu geblieben sind. Das hängt mit unserer festen Überzeugung zusammen, dass der Aufbau einer freien Wirtschaftsordnung die Ausbildung einer fortgeschrittenen Gesellschaft voraussetzt. Wir glauben auch fest daran, dass die wirtschaftlichen und sozialpolitischen Erfolge und die Herbeiführung des sozialen Wohlstandes und eines höheren Lebensstandards der Bürger zu den Grundbedingungen zählen, ebenso wie die Festigung von Demokratie und Pluralismus. Gerade weil er von solchen wirtschaftlichen und sozialpolitischen Errungenschaften gestützt, gesichert und gefördert wird, ist unser Demokratisierungsprozess gegen etwaige Rückschläge gefeit und von keinem Rückfall bedroht.

Meysels: *Könnten Sie einige Details nennen?*

Der Autor im Gespräch mit Ben Ali

Ben Ali: Unser Programm schließt ehrgeizige Optionen ein, die sich in 15 Achsen gliedern und die Bereiche: Beschäftigung, Bildung und Wissensförderung, Jugend, Frauen, Wirtschaft, Lebensstandard und nachhaltige Entwicklung umfassen. Sie betreffen zudem die Verwaltungsreform, den Anschluss an den weltweiten Kommunikationssektor und die Beherrschung von modernen Technologien. Nicht zuletzt zielen sie auf den Aufbau einer freien, pluralistischen Gesellschaft und die Förderung einer Kultur der Freiheit, Solidarität und Toleranz ab. Aufgrund dieser umfassenden vielseitigen Beschaffenheit stellt unser Programm eine neue Etappe im Wandelprozess unseres Landes dar, in Form einer sorgfältig entworfenen angewandten Strategie mit klaren Umrissen und festen Zielen, die sich auf eine gründliche Identifizierung der Bedürfnisse, Sorgen und Erwartungen unserer Gesellschaft stützt.

Meysels: *Und was ist das Hauptziel?*

Ben Ali: Das Hauptziel ist die Errichtung eines gefestigten und fortschrittlichen Staates; eines Volkes mit mehr Wohlstand, Stabilität und Bildungsniveau; einer sozialen Lage mit einem höheren Lebensstandard und eines Landes mit größerer und effizienterer Integrationsfähigkeit in sein regionales und internationales Umfeld.

Die Durchführung dieses Programms begann vor drei Jahren und schon haben sich manche Erfolge gezeigt. Besonders im Bereich der Beschäftigung, dem übrigens die absolute Vorrangstellung in unserem Zukunftsprogramm zukommt. Dank des Instrumentariums eines nationalen Beschäftigungsfonds, hierzulande als »Fonds 21–21« bekannt, ist es uns gelungen, zum ersten Mal einen Rückgang der Arbeitslosigkeit zu erzielen. Besagter Fonds hat in der Tat dazu beigetragen, innerhalb eines einzigen Jahres 32 000 Arbeitsplätze bzw. Einkommensmöglichkeiten für Hochschulabsolventen zu schaffen. So sind wir durch unsere Beschäftigungspolitik dazu gekommen, 90 Prozent der Arbeitsuchenden zu befriedigen, während dieselbe Rate Anfang der achtziger Jahre nicht über 60 Prozent hinausging. Für dieses Jahr haben wir Grund zu der Hoffnung, dass wir es schaffen, die Gesamtheit der neuen Beschäftigungsanträge zu befriedigen. Noch vor fünf Jahren musste eine derartige Zielsetzung als Utopie erscheinen.

Meysels: *Welche Rolle spielen Investitionen, inländische oder ausländische, in diesem Programm?*

Ben Ali: Neben dem erwähnten Instrumentarium haben wir große Anstrengungen darauf verwandt, die Lehrprogramme zu überprüfen, um sie den neuen Entwicklungen auf dem Arbeitsmarkt anzupassen und damit den Erwartungen der Wirtschaft an moderner Qualifikation und neuem Wissen zu entsprechen. So haben wir die Investitionen im Bereich der wissenschaftlichen und technologischen Forschung verdoppelt, damit sie noch vor Ablauf der kommenden fünf Jahre ein Prozent des Bruttoinlandsprodukts erreichen. Wir haben darüber hinaus private Investitionen in der nicht-materiellen Wirtschaft gefördert, um eine hoch entwickelte Infrastruktur im Bereich der modernen Kommunikationstechnik auf-

und auszubauen. Nun sind wir dabei, ein ambitioniertes Programm in Angriff zu nehmen, um den Internetzugang für die Wirtschaft und in den Mittel- und Hochschulen zu verallgemeinern. In diesem Zusammenhang möchte ich auch erwähnen, dass wir den mittelständischen Haushalten durch Druck auf die Preise und günstige Darlehen geholfen haben, sich mit Computern und multimedialer Ausrüstung auszustatten. Ferner haben wir uns darangemacht, das Kulturbudget schrittweise aufzustocken, bis es Ende 2004 ein Prozent des Staatshaushaltes erreichen wird, sodass die Kultur zu einer wesentlichen Kraft in der Wissens- und Informationsgesellschaft, wie wir sie anstreben, wird.

Meysels: *Wie ist es gegenwärtig um die Wettbewerbsfähigkeit der tunesischen Wirtschaft bestellt?*

Ben Ali: Zu unseren Anstrengungen im Bereich der Wirtschaft gehört die weitere Stützung des seit einigen Jahren laufenden Programms zur Instandsetzung und Qualifizierung der Produktionsbetriebe und die Verabschiedung einer Reihe geeigneter Maßnahmen und zweckmäßiger Anreize, um die Wettbewerbsfähigkeit unserer Wirtschaft zu steigern. Das hat es uns ermöglicht, unsere Exporte im Jahr 2000 um 14,9 Prozent zu steigern, das Investitionsklima günstiger zu gestalten und die Dienstleistungen im Kommunikationsbereich zu verbessern. Dies alles bei Aufrechterhaltung des finanziellen Gleichgewichts, nachdem es uns gelungen ist, die Inflation in Grenzen zu halten, das heißt, auf 2,7 Prozent zu senken. Das alles mit dem Ziel, Tunesien aus dem Stand eines Entwicklungslandes in den Rang eines hoch entwickelten Staates zu erheben. Dies soll uns ermöglichen, die Herausforderungen der Globalisierung zu meistern und gleichzeitig deren negativen Auswirkungen entgegenzutreten.

Meysels: *Ist in der gegenwärtigen Verfassung auch das Recht der Opposition auf freie Meinungsäußerung verankert?*

Ben Ali: Nach einer Reihe von Gesetzesänderungen im Laufe der letzten Jahre verfügt unser Land heutzutage über eine Verfassung, welche das Recht auf Gesinnungsfreiheit und der freien Meinungsäußerung garantiert sowie die Gründung von Parteien, Vereinen und Organisationen freistellt. Man kann unsere Verfassung zu Recht als Spiegel ansehen, der Tunesien als Rechtsstaat zeigt. Zugleich ist die Verfassung der beste Garant eines Rechtsstaates. Das politische und rechtliche Fundament in Tunesien stellt heute einen geeigneten Rahmen dar, der das Wirken der Opposition begünstigt und sie in die Lage versetzt, ihren Standpunkt zum Ausdruck zu bringen und ihre Positionen in aller Freiheit zu verkünden.

Meysels: *Welche zusätzlichen Möglichkeiten räumt das neue Wahlrecht der Opposition ein?*

Ben Ali: Es entspricht unserer Überzeugung, dass die Opposition ein fester Bestandteil der politischen Landschaft und ein entscheidendes, gewichtiges Element innerhalb unserer Demokratie bildet. Wir haben uns im Übrigen nicht darauf beschränkt, der Opposition zu ihrem Recht auf freie Meinungsäußerung zu verhelfen, ihrer finanziellen Lage Vorschub zu leisten und ihr Wirkungsfeld zu ebnen, damit sie ihre Aufgaben erfüllen kann. Wir haben durch die Novellierung des Wahlgesetzes die Opposition in die Lage versetzt, bei Parlamentswahlen einen Anteil von 20 Prozent der Mandate zu besetzen. Die Opposition ist gegenwärtig in 62 Gemeinderäten vertreten. Dies zusätzlich zur Tatsache, dass wir stets bestrebt sind, uns über die Ansichten und Standpunkte der Opposition zu informieren. Etwa dadurch, dass wir ihre Parteivorsitzenden zu eingehenden Gesprächen empfangen oder indem wir sie auffordern, uns ihre Ansichten zu relevanten Fragen mitzuteilen. Eine noch junge Entscheidung, die wir in letzter Zeit getroffen haben – und die sehr wohl die Möglichkeiten der Opposition verbessert –, besteht in der Novellierung des Pressegesetzes in der Hinsicht, dass etwa der problematische Artikel 5 abgeschafft wurde, welcher sich auf die »Beleidigung der öffentlichen Ordnung« bezieht. Gleichzeitig haben wir die Erhöhung der finanziellen Förderung der oppositionellen Presse um 50 Prozent beschlossen. Es sollte dadurch auch den Oppositionsparteien geholfen werden, das regelmäßige Erscheinen ihrer Organe abzusichern.

Meysels: *Könnten dadurch nicht auch verantwortungslose Kreise die ihnen eingeräumten Freiheiten nutzen?*

Ben Ali: Wir wollen mit der Förderung des Pluralismus einen Beitrag zum demokratischen Leben leisten, denn die Demokratie gilt uns als unabänderliche politische Orientierung. So sehr wir gewillt sind, diesen Kurs weiterzuführen, sind wir auch entschlossen, die demokratische Praxis vor den Gefahren der Radikalisierung zu schützen, um die freiheitliche Gesellschaft, das Hauptziel der gegenwärtigen Etappe unseres politischen Programms, zu festigen und um günstige Voraussetzungen für Entwicklung und Fortschritt zu schaffen.

Meysels: *Nicht wenige Länder haben Schwierigkeiten mit dem religiösen Fundamentalismus. Wie ist Tunesien mit diesem Problem fertig geworden?*

Ben Ali: Die Stabilität, die in Tunesien herrscht, und seine Erfolge auf wirtschaftlicher und sozialpolitischer Ebene bezeugen wohl am besten, dass dieses Problem keinen Platz hat im Wesen unseres Volkes, das sich seit eh und je durch tief verwurzelte Grundwerte, wie z.B. Toleranz und Mäßigung, charakterisiert. Bei der Auseinandersetzung mit diesem Problem sind wir bei politischen und sicherheitsbehördlichen Mitteln nicht stehen geblieben. Vielmehr haben wir eine Strategie angewandt, die sich mit sozialen, ökonomischen, erzieherischen und kulturellen Maßnahmen den Wurzeln des Extremismus entgegenstellt. Und wir haben den Anspruch des Staates klargestellt, alleiniger Beschützer der Religion zu sein und für deren Pflege aufzukommen. Keinem sonst ist es erlaubt, eine Stellvertreterrolle für sich zu beanspruchen oder sich der Religion als Maske oder Alibi zu bedienen, um unlautere Zwecke zu verfolgen. Dass wir den religiösen Extremismus erfolgreich überwunden haben, hängt mit dem Erfolg einer umfassenden Entwicklungsstrategie zusammen, die flächendeckend sämtliche Landesregionen und Gesellschaftsgruppen ins Auge gefasst hat. Dabei ist es uns gelungen, Armutszonen zu eliminieren und zurückgebliebene bedürftige Gebiete zu fördern und in den wirtschaftlichen Kreislauf des Landes zu integrieren.

Meysels: *Welche Rolle spielt Bildung als Faktor des Kampfes gegen den Extremismus?*

Ben Ali: Unsere groß angelegte Bildungsreform versteht sich als Teil derselben umfassenden Entwicklungsstrategie, die davon ausgeht, dass die Schule die Grundzelle darstellt, welche die Heranbildung von Generationen von Bürgern sichert, die vom zivilen Geist und von Idealen der Toleranz und der Öffnung erfüllt sind. So haben wir uns darangemacht, die Lehrpläne einer Überprüfung zu unterwerfen, um sicher davon auszugehen, dass sie unserer Jugend die wahren Lehren und Grundsätze unseres im Grunde toleranten Glaubens vermitteln und sie in die Werte der Demokratie und Menschenrechte einführen. Ferner haben wir uns im selben Kontext um die Förderung der Frauen gekümmert und dafür gesorgt, ihnen den Übergang vom Stadium der Gleichberechtigung zu jenem der Partnerschaft mit den Männern zu ermöglichen.

Es sind dies Aspekte der Eigenart unserer Erfahrung bei der Auseinandersetzung mit der von Ihnen angesprochenen Erscheinung (des Fanatismus) und der Bestrebung, ihr den Weg abzuschneiden. Nämlich durch die Ergründung der Wurzeln und die Behandlung der Ursachen von sozialer Zerrissenheit; durch die Förderung der Ideale von Demokratie und der sozialen und wirtschaftlichen Entwicklung;

durch Verbreitung geistiger und bürgerlicher Werte sowie die Pflege des Geistes der Solidarität zwischen allen Teilen der Gesellschaft. Wir sind überzeugt, je mehr sich der Wirkungskreis besagter Werte ausdehnt, desto höher ist die Aussicht auf eine moderne, gebildete, weltoffene und gegen Extremismus gefeite Gesellschaft. Tunesien hat politisch, wirtschaftlich und gesellschaftlich einen Grad der Immunität erlangt, der es vor Erschütterungen jeder Art und jeden Ursprungs sicher macht.

Meysels: *Wenden wir uns den internationalen Beziehungen Tunesiens zu. Ihr Land war das erste an der Südküste des Mittelmeeres, das ein Assoziierungs- und Partnerschaftsabkommen mit der Europäischen Union unterzeichnet hat. Wie beurteilen Sie die Aussichten auf eine Weiterentwicklung dieses partnerschaftlichen Prozesses?*

Ben Ali: Natürlich sehen wir ein, dass unsere Bestrebungen, mit der Europäischen Union eine effiziente Partnerschaft zu errichten, selbstverständlich neben historischen und geografischen Faktoren auch von gemeinsamen Interessen getragen werden. In verschiedenen Bereichen nimmt die EU unter den Partnern Tunesiens den ersten Platz ein. So etwa beim Außenhandel mit einem Anteil von 75 Prozent. Zwei Drittel unserer Auslandsinvestitionen kommen aus dem EU-Raum. Auf dem touristischen Sektor liegt der Anteil der EU bei 80 Prozent. Und eine halbe Million Tunesier leben in EU-Ländern.

Als wir uns entschlossen, mit der EU ein Abkommen abzuschließen, wussten wir, dass die bereits bestehenden Beziehungen zusätzliche Impulse erhalten würden. Wir wollten uns auch nicht auf den Warenaustausch und rein wirtschaftliche Aspekte beschränken, sondern darüber hinaus den gegenseitigen kulturellen Dialog fördern. So sehr wir mit den Errungenschaften der tunesisch-europäischen Partnerschaft auf verschiedenen Gebieten zufrieden sind, meinen wir, es hätte noch mehr erreicht werden können.

Meysels: *Was meinen Sie genau?*

Ben Ali: Obwohl bereits große Schritte realisiert wurden, lassen sich mancherorts auch Verzögerungen feststellen, die mit der Durchführung der Maßnahmen zusammenhängen. Es ist, wie ich glaube, notwendig, die Verspätung aufzuholen, um mit dieser Partnerschaft weiter voranzukommen und zusätzlich Schritte zu setzen, welche der Dynamik der Kooperation, der Solidarität und der gegenseitigen Kooperation weitere Impulse geben würden. Wie dem auch sei, wir bleiben fest davon überzeugt, dass die Zukunft der tunesisch-europäischen Zusammenarbeit viel versprechend und aussichtsreich ist. Wir vertrauen darauf, dass diese Partnerschaft weitere Möglichkeiten der Zusammenarbeit birgt und geeignet ist, die uns verbindenden Beziehungen auf eine noch höhere Stufe zu stellen.

Meysels: *Ein Gespenst geht um in Europa: Die Angst vor der Globalisierung. Teilen Sie diese Ängste?*

Ben Ali: Es sind weltweit Umbrüche politischer und wirtschaftlicher Natur geschehen, die von negativen Erscheinungen begleitet waren, die im Widerspruch zu den allgemeinen Prinzipien der Globalisierung stehen. Darunter das Einkommensgefälle zwischen den verschiedenen Gesellschaften. Von der Prämisse ausgehend, dass der menschliche Fortschritt ein Ganzes bildet, dem kein Erfolg beschieden sein wird, wenn das Nord-Süd-Gefälle zu krass wird, haben wir beschlossen, einen internationalen Fonds der Solidarität zu gründen, als Instrument zur Stärkung eben dieser Solidarität unter den Völkern. Er sollte zur Schaffung einer humaneren Gesellschaft beitragen, um die Globalisierung von der Wucht des aggressiven Wettbewerbs zu befreien und die Ideale der Solidarität aufzuwerten. Wie aber im Zusammenhang mit diesem Fonds hervorgehoben wurde, ist die Bekämpfung der negativen Auswirkungen der Globalisierung keine Aufgabe, die uns allein oder nur wenigen obliegt, sondern sie stellt eine Verantwortung dar, welche die ganze Menschheit angeht und den Menschen schlechthin betrifft.

Meysels: *Herzlichen Dank für Ihre offenen Worte!*

Schlusswort des Autors

Der österreichische Kaiser Franz Joseph I. hatte seine 68-jährige Regentschaft – die zweitlängste eines europäischen Herrschers nach dem französischen König Louis XIV. – unter das Motto »Viribus unitis« (Mit vereinten Kräften) gestellt. Diese Devise findet sich in übertragener Form im Programm des tunesischen Präsidenten Zine el Abidine Ben Ali sinngemäß wieder, der sein Land in das 21. Jahrhundert geführt hat. Doch hier endet die historische Parallele. Franz Joseph war ein überaus konservativer Mann. Hätte er allein darüber bestimmen können, dann hätte er die neue Zeit in seinem Land am liebsten aufgehalten. Ben Ali dagegen ist Nordafrikas großer Erneuerer. Für ihn ist die bewährte Tradition nicht allein das schützende Dach, sondern das starke Fundament, auf das man die Zukunft Tunesiens bauen kann.

Die Geschichtsforschung und die Zukunftsforschung sind die zwei Gesichter einer einzigen Wissenschaft, die eng aneinander gekoppelt sind. Die Geschichtsforschung ist fast so alt wie der Homo sapiens, zumindest jener, der fähig war, sich über die eigene Vergangenheit Gedanken zu machen und diese auch niederzuschreiben. Und sei es in der Form von Legenden oder einer Überlieferung. Zwischen diesen beiden Forschungszweigen liegt die Zeitgeschichte – wie eine Bandscheibe zwischen zwei Wirbeln. Zeit- und Zukunftsforschung sind zwei neue Wissenschaftszweige, sofern man nicht die Grauzone der Spekulation zu ihnen zählt. Was heutzutage leider populär geworden ist. Jene Forscher hingegen, welche versuchen, die Vergangenheit zu entschlüsseln und zu nutzen, haben natürlich Vorteile gegenüber Kollegen, die nur in das Heute und Morgen blicken. Sie können sich auf die Arbeit ihrer Vorläufer stützen, solange sie diese mit einer gesunden Skepsis betrachten. Denn die moderne Archäologie bringt tagtäglich neue Erkenntnisse zutage, die lieb gewordene Thesen in einem anderen Licht erscheinen lassen. Zukunftsforscher haben es natürlich leichter, ihre Thesen unangefochten zu publizieren. Oder viel schwerer, sofern es sich um seriöse Forscher handelt, die nicht aus dem sprichwörtlichen Kaffeesatz die Zukunft voraussagen. Ihnen obliegt es, aus wissenschaftlichen Indizien Schlussfolgerungen zu ziehen. Die natürlich nicht stimmen müssen. Zur Erinnerung: Im März 2004 wurde gleichzeitig von durchaus anerkannten Wissenschaftlern eine neue Eiszeit vorausgesagt und von anderen wurden die Folgen einer katastrophalen Klimaerwärmung prophezeit.

Doch was hat all das mit dem Thema unseres Buches zu tun, in dem unterschiedliche Standpunkte erläutert werden? Der Autor glaubt, dass es die vordringliche Aufgabe Tunesiens ist, als Brückenbauer zu fungieren: von der Vergangenheit in die Zukunft, von der nordafrikanischen Region in die übrige Welt von heute und morgen. Am Ende dieser Brücke gibt es keine etablierten Wegweiser oder Markierungen. Der Weg kann – philosophisch oder politisch betrachtet – nach oben in die strahlende Zukunft oder nach unten in eine unsichere Vergangenheit führen. Wenn aber der Autor wagt, eine Schlussfolgerung zu ziehen, so ist es die, dass Tunesien den richtigen Weg wählen wird. Zum Nutzen seiner Bevölkerung, der Region und der Welt als ganze – Insch Allah, wie die Tunesier sagen würden.

Literaturverzeichnis

Ben Ali, Zine el Abidine: Gesammelte Werke und Reden, 2003

Abun-Nasr, Jamil: History of the Maghreb, 1975

Haddad, Mezri: Non delenda Carthago, 2002

Ibn Khaldoun, Abd al Rahman: Introduction et Discours sur l'Histoire Universelle, 1985

Kefi, Faiza: L'Image de la Femme dans la Societe Tunisienne, 2001

Klotchkoff, Jean-Claude: Tunisia Today, 2002

Les Cahiers de l'Orient, 2002

Marks, Jon/Ford, Mark: Tunisia, Stability and Growth in the Millennium, 2001

Memmi, Albert: Le Portrait d'un Juif, 1980

Mgoueng, Valentin: La Tunisie en Afrique, 2001

Moscati, Sabatino: The World of the Phoenicians, 1968

Picard, Charles: Daily Life in Carthage at the time of Hannibal, 1961

Sebag, Paul: Histoire des Juifs en Tunisie, 1971

St. Augustin: De Civitate Dei, Confessions, 1990

Diverse Reiseführer, z.B. Baedeker, Polyglott, Marco Polo

Personenregister

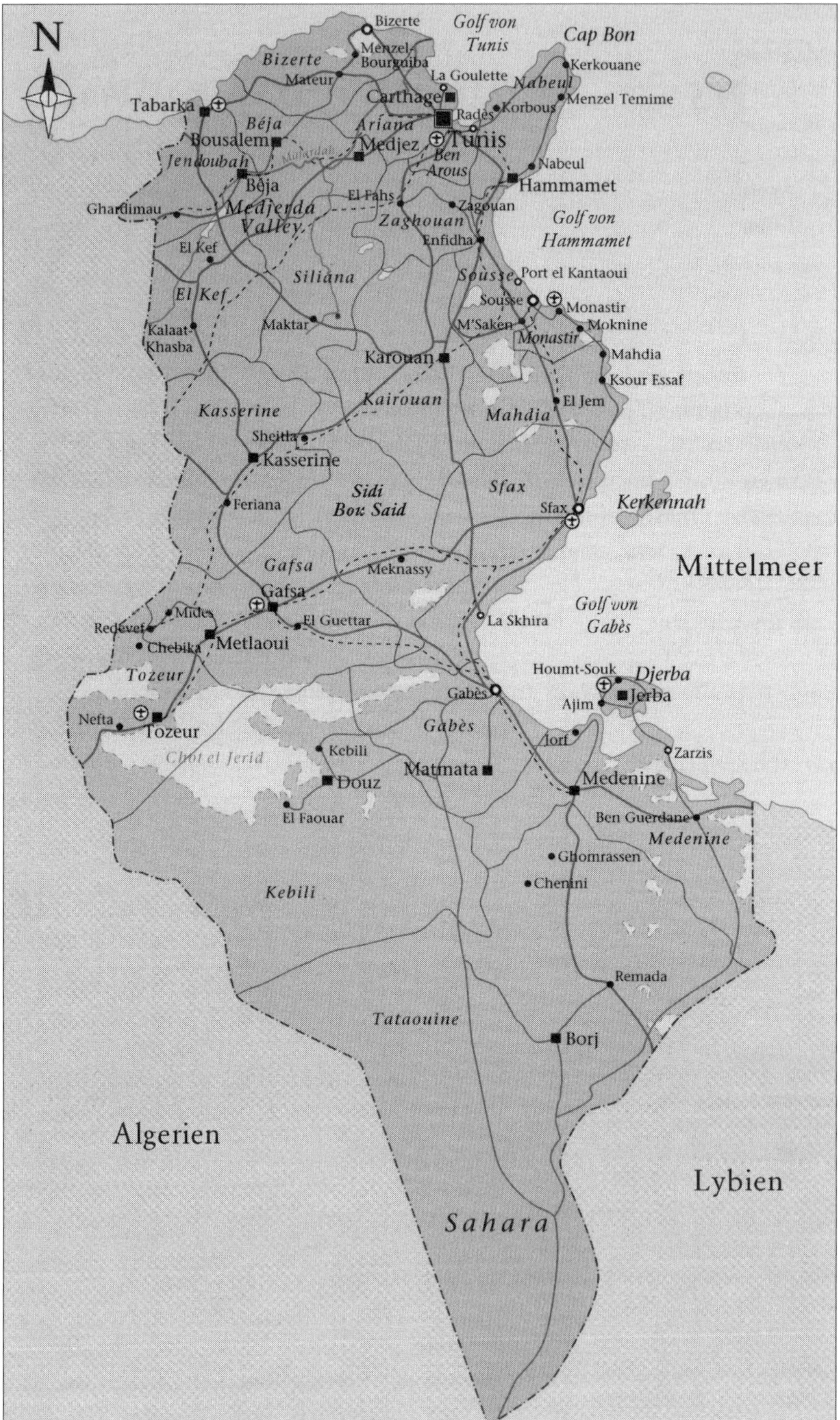
N
Bizerte
Golf von Tunis
Cap Bon
Menzel-Bourguiba
Bizerte
Kerkouane
Mateur
La Goulette
Nabeul
Menzel Temime
Tabarka
Carthage
Radès
Korbous
Béja
Ariana
Tunis
Bousalem
Medjez
Ben Arous
Jendoubah
Nabeul
Béja
Hammamet
El Fahs
Ghardimau
Medjerda Valley
Zagouan
Zaghouan
Golf von Hammamet
Enfidha
El Kef
Siliana
Sousse
Port el Kantaoui
El Kef
Sousse
Monastir
Kalaat-Khasba
Maktar
M'Saken
Moknine
Monastir
Karouan
Mahdia
Ksour Essaf
Kasserine
Kairouan
El Jem
Mahdia
Sheitla
Kasserine
Sidi Bou Said
Sfax
Feriana
Sfax
Kerkennah
Gafsa
Meknassy
Mittelmeer
Gafsa
Golf von Gabès
Mides
El Guettar
La Skhira
Chebika
Metlaoui
Houmt-Souk
Djerba
Tozeur
Gabès
Jerba
Ajim
Nefta
Tozeur
Gabès
Chot el Jerid
Zarzis
Kebili
Matmata
Douz
Medenine
El Faouar
Ben Guerdane
Medenine
Ghomrassen
Chenini
Kebili
Remada
Tataouine
Borj
Algerien
Lybien
Sahara